独角马 · 中篇轻读文库

U0112756

独角马·中篇轻读文库

遭遇"王六郎"

梁晓声

海峡出版发行集团 | 海峡文艺出版社

目录

遭遇"王六郎"

复仇的蚊子

遭遇"王六郎"

第一次见到那孩子，大约在四年前的夏季。大约。

下午三点多，我拖着拉杆箱走在北京南站附近一条马路右侧的人行道上。很热，虽已到了下午，仍无丝毫爽意。因列车上开空调，我怕凉，穿上了薄绒衣。下车匆忙，没脱，并且连薄西服也穿上了。等候出租车的人排起了长队，调度员说我们那拨排队的人估计得等一小时。这使我甚感意外，不愿等，心想站外也许反而会较快就能坐上出租车，于是离了站。尽管绒衣和西服是薄型的，一到了外边，顿觉身上溽热难耐。若当街脱下两件上衣往拉杆箱里塞，我嫌麻烦。何况，拉杆箱已塞不下了，怕硬塞而弄坏拉链，那岂不太糟了，便说服自己加快脚步往前走，希望能尽快拦住辆出租车。不一会儿，汗流满面，内衣湿矣。马路上驶来驶去的出租车不少，一半空车，却没一辆因我在不停招手而减速。我忽然意识到，网约时代早已开始，一辆接一辆驶来驶去的空车肯定是别人所约的，它们为路边招手之人而停的时代已成历史。这可怎么办呢？我不会网约，何况手机上并没下载网约软件。

正犯难，见前方不知何时出现了一个大男孩的背，男孩戴长舌帽，身高一米七五左右，也推着拉杆箱。我断定他和我一样是从南站出来的，原因同样是由于不愿在站内用一个多小时等车。

这年头，像我这把岁数的人，跟着年轻人的感觉走，往往会"柳暗花明又一村"的，我的老年朋友常对我这个在新现象面前每每不知所措的顽固分子如此教诲。

于是我加快脚步，缩短和那大男孩之间的距离。他穿的是浅黄色制服短裤，有多处兜那种，短袖翻领衫则是浅蓝色的，中间有一排美观的白浪花，而脚上是一双白网球鞋。暴露的胳膊和腿都很红，显然是晒的。那么，他必定是从某海滨城市返京。也必定，几天后他的胳膊和腿都会变黑。

他一直走到一处立交桥的桥洞那儿才站住，而我已走近了他。他感觉到我在紧跟着他，转身讶异地看我。

我笑笑，尴尬地问："这儿容易打到车吗？"

他说："怎么可能！我在这儿等家里的车来接我。在这儿等不晒，比马路边清静。"

大男孩有一张单纯又阳光的脸，气质聪慧，

顿时使我联想到了《聊斋志异》中那些善良而才情内敛的小书生，他们是蒲松龄笔下追求起美好爱情来不管不顾的狐仙鬼妹们喜欢的类型。

我识人的经验告诉我，向这样一个大男孩寻求帮助是会被耐心对待的，便又问："如果我让家人帮我约车，应该告诉家人这里是什么地方呢？"

他反问："您自己不会？"

我不好意思地说："是啊，落伍了。"

他笑道："许多老同志都不会，这是你们不必在乎的短板。但您不能将自己定位在这儿，咱俩不同，我刚才说了，我是在这儿等自己家的车，我家里的人不止一次在这儿接我了。没有准确名称的地方，网约车的导航器是导不过来的……"

他说时，眉目间一直呈现着笑意。分明的，助人对他是件愉快的事。他的口吻和他脸上的表情，使他看起来像一位负有监护责任的大人在向一个不谙世事的孩子做解释。

在立交桥的阴影下，他的脸看上去似乎更阳光了。

"那……"

虽然我特受用他对我的善待，内心里却不免焦躁。

他左看看，右看看，指着一处有明显的拱形大门的小区说："告诉您的家人，让网约车到那儿接您。"

于是我与儿子通手机，之后谢过大男孩，与他聊起来。

我以为他是初三生，他说他已经高二了。我猜他是偏文科的学生，他说恰恰相反，他的理科成绩更优些，考大学也会选择理科专业，只有在高考特别失利的情况下，才考虑选文科的哪一专业。

他的话使我这个在大学教了十五六年中文的人颇窘。

他看出来了，笑问："您是大学老师？"

我说："曾经是，教中文的，退休了。"

"哈，请原谅，希望没伤害到您的尊严！"

他笑出了声。一种开心的笑，其声不高，却爽朗。

我受他那笑的感染，也笑了。

这时我的手机响了，是儿子打来的，说只提供一个小区的名称约不到车，还须提供什么街或什么路。

我不知南站属于什么区，而我站在什么街或什么路的立交桥下，大男孩竟也不知道。

"老师别急，我立刻就能替您查到，分分钟的事儿。您穿得也太多了啊，起码可以将西服脱下搭手臂上吧？您这样，我看着心疼！"

他掏出一包纸巾递向我，我擦汗脱西服那会儿，他快速地在手机上查出我们所处的位置。我因为遇到了他，庆幸不已。

儿子用短信告知我，已替我约好车了。

大男孩说："您应该转移到小区大门那儿去，您儿子替您定的准确位置肯定是那里。"

我说："不急，还有五六分钟呢，陪你说会儿话，你怎么对我'您、您'的？"

他笑道："您是长辈嘛。"

我说："可你还开始叫我老师了。"

他说："您曾是大学教授，我是高二学生，称您老师太应该了呀。"

脱下西服后我身上不那么热了，约好了车心里也不焦躁了，于是我们之间进行了以下愉快的对话。看得出，有个人陪他说话，也正符合他的心愿。

"你根据什么认为我是教授？"

"您自己说您曾在大学教书嘛。到了您这种年龄，普遍而言，退休前都会熬成教授了。"

"熬"字由一个大男孩口中说出，使我脸上有点儿挂不住。

他看出了我的窘态，立刻道歉："对不起，用词不当，应该怎么说好？'修成'，还是'进步成'？"

我也看出，他那种一本正经的虚心请教的样子是装的。那会儿，这阳光大男孩表现出了他调皮的一面。

我没正面回答他的话，而是问："一个陌生人对你自称曾是教授，你一点儿都不怀疑？

从小到大，没人告诫你别和陌生人说话吗？"

他郑重地回答："您问的是两个问题，我先回答第一个。小时候，我爸妈都告诫过我，千万别和陌生人说话。小时候姑且不论，现在我已经长大了。朗朗乾坤，光明世界，一名高二男生居然不敢和陌生人说话，他将来的人生还有什么出息呢？如果中国这样的青年越来越多，中国的将来岂不堪忧了？再回答第二个问题。我是很有一些识人经验的，我对自己的经验也很自信。从面相学来看，您绝不会是一个可能对他人构成危害的人。"

我也笑了，如同当面受表扬。我虽老了，对于表扬还是挺开心的。

和这个路遇的阳光大男孩闲聊，的确使我愉快，遂又问："你对我一直'您、您'的，而我却一直'你、你'的，你没有任何不平等的感觉吗？"

他的表情又郑重起来，像大学生毕业前经历论文答辩似的，以一种胸有成竹的口吻回答："这是一个伪命题，也可以说是一个陷阱问题。古今中外，一概如此，早已成为人类关系中约定俗成的一般礼貌现象，又一般又普遍。如果在咱俩之间居然反了过来，那么……"

"那么怎样？"

"那么只能是以下情况，我为主，您为仆，而主仆关系是人类封建关系之一种，封建关系才会使人产生不平等的感觉。不过，值得思考思考的倒是，究竟是一种什么样的内在动力，使全人类在您、你的称呼方面，形成了完全一致的共识。老师，您怎么看？"

他期待地注视着我，脸上有种求知若渴的表情，我任教时偶尔能从学子脸上见到的表情——偶尔。

和这样一个大男孩说话，不但愉快，简直还十分有趣，我享受。

然而他的手机响了。他接时，我听到一个女人的声音说她开的车快到了。

大男孩通完话，向我伸出了一只手："那么……"

倏忽间，我觉得我已喜欢上了他，竟有点

儿不愿握过手一走了之。

"先别……我的意思是，咱俩加上微信怎么样？"

我这么说时，脸红了。自从我也开通了微信，还是第一次向人提出这种请求。

他收回手，意外地张大了嘴，用略显夸张的表情无声地说："有必要吗？多此一举了吧！"

"我希望交你这个小朋友……"

我自己都觉得我的话几近于倚老卖老。但话既出口，倘遭拒绝，岂不是太没面子了吗？为了顾全自己的老脸，我冲他耳边小声说出了自己的名字。怕他还是对我一无所知，又厚脸皮地说出了我的几部代表作。

"哈，哈，太像小说了吧？让您高兴一下，我看过您的作品！"

他的上身旋转了一下，那是许多人高兴时的肢体语言。

该我说"那么"了，趁热打铁地掏出了手机。

"我加您吧，会快些。要是让我妈看到

我和陌生人如此亲密的样子，肯定大吃一惊的……阿牛？您的网名太好记了！"

我见自己的手机上显示他的网名是"王六郎"，不禁再问："《聊斋》中那个王六郎？"

他说："对！我特喜欢那一篇。《聊斋》中关于男人之间的情义故事很少，《王六郎》那篇可视为佳作。不多说了，您约的车也该到了，您快到马路那边去吧！要走斑马线，老师别闯红灯哈！"

结果我俩并没握一下手。

当我站在马路那边的人行道上，转身回望时，他妈妈开的一辆宝马 X5 已停在他跟前。

"阿牛再见！"

他朝我摆摆手，坐入宝马了。

但我后来并没通过微信与"王六郎"交流过，一次也没有。我既无这种习惯，也找不到什么可与一名高二男生交流的话题。再说高二正是高考前发奋苦读的冲刺阶段，我不忍打扰他。但我承认，有那么几次，在较闲而又心情好时（人在闲适之时心情大抵是好的），受好奇心促使，我点开过他的微信。他的朋友圈内容甚少，仅有几段读书心得。给我留下印象的却不是他的读书心得，而是他开出的一份歌单，列出了他喜欢听的一些歌——《黄土高坡》《信天游》《天边》《鸿雁》《草原之夜》《乌苏里船歌》《沧海一声笑》《涛声依旧》《这世界那么多人》，等等。

除了莫文蔚所唱的《这世界那么多人》，他爱听的那些歌，也是我爱听了多年的歌。

受他影响，我听了《这世界那么多人》，同样爱听，并且成了"莫粉"，后来听了她不少歌，都爱。

至于"六郎"关注过我的微信没有，我就不知道了。即使点开过也等于白点，因为我的微信朋友圈如同一张白纸，我从没往上头发过任何文字，也从没转发过别人的任何内容——至今仍是白纸一张。

然而我每每回忆起认识"六郎"的那一个夏季的下午——那条北京南站附近并不太宽的马路，那处小区的拱形院门，那座立交桥下车辆可转弯处的阴凉，都给我留下较深的印象。

每当我忆起时，耳边就会同时响起莫文蔚的歌声：

这世界有那么多人，

人群里敞着一扇门……

二

第二次见到"六郎"，也在夏季的一个下午，也在三点多的时候。与第一次不同的是在我家里，他坐在双人沙发上，旁边坐着他母亲，一位五十几岁，容颜保养得极好的女士。特别是她那双手，白皙如瓷，看去给人一种不真实的感觉，肯定连家务活都许久没干过了。她穿着得体，上衣啦，裙子啦，鞋啦，包啦，显然并非从一般商店买的。她给我的熏过香的名片上写着她是室内家装设计公司的总经理。我随口问了一句她那公司有多少人，她矜持又低调地说不多，才二十几人，是由她丈夫任董事长的什么医疗器械经营公司分出来的一个子公司，由她全面负责而已。我觉得两类公司风马牛不相及，却没说出我的困惑来。

"我的公司人虽不多，在京城的业内还是有些名气的，某些影视明星和歌星的豪宅都是我的公司装修的，今后您和您的朋友如果有需要……"

她说以上话时坐得更端正了，脸上流露出了几许成功女性的优越感。

"妈，别说这些行吗？"

她的儿子低声打断了她的话。那时，"六郎"刚喝了一口矿泉水。他们母子无须我待茶，"六郎"带来大半瓶矿泉水，而他母亲带的是保温杯。他打断母亲的话时并没看她，打断后也没看，并且，语气分明是不满的，尽管他那短短的话是低声说的。在他母亲略露愠意，一时怔住之际，他开始翻一厚沓用夹子夹住的A4纸，那些纸上印着他写的诗。

那女士虽是"六郎"的母亲，我却怎么也对她热情不起来。我不喜欢她身上那股子高人一等似的优越劲儿。尽管我是主人，她是客人，而且是坐在我家的沙发上，即使在她不说话时，在她默默打量我的简单装修，家具不但都很一般，而且都已很旧的家时，她内心里早已习惯成自然的那股子优越感也还是难以隐藏。特别是，当她不说"我们公司"而说"我的公司"，不说"北京"而说"京城"后，我感觉自己对她的不佳印象难以改变了。如果我和"六郎"几年前没有过那么一种"交情"，我是不太欢迎这么一位女士成为我家的客人的。是的，我不但将自己和"六郎"几年前在一处立交桥的阴影之下愉快地交谈过十几分钟那件事视为大千世界中的一种老少缘，还一向视为一种交情。当然啰，他们母子成了我家的客人，乃因我与另外几个人的交情在起作用——他们母子是我的朋友的朋友的朋友的什么亲戚！所谓"人际"，往往便是如此——两个人一旦成了朋友，不但各自的朋友不久也成了朋友，而且连"朋友的朋友"们之间，后来也往往会成为朋友，甚至可能比起初的两个朋友之间的关系处得还亲密。几天前，我的朋友的朋友与我通话，说他的朋友的亲戚的儿子是位青年诗人，希望当面得到我的鼓励和指导。

我问："专业的还是业余的？"

他反问："现而今还有专业的诗人吗？"

我说："已经没有了。"

他说："你问得多余嘛！"

我又问："什么样的青年？是高校的学生，还是已经参加工作了？"

他又反问："有区别吗？跟诗有直接关系吗？"

我一时不知说什么好了。

他承认他也不清楚，但不愿在中间传话了，只能由我当面问了。

我说："我是写小说的，对诗是外行。"

他说："在我们真正的外行看来，你们都是文学那个界的人，总比我们内行吧？这事儿你必须认真对待，而且要表现好点儿。别忘了，不一定哪一天，你也许也会求到人家！"

他说的"人家"也就是他的朋友，是北医

三院的一位内科主治医生。北医三院不但离我家最近，还是我就医的定点医院。对于他的提醒，我缺乏不认真对待的底气。

于是"王六郎"母子就出现在我家里，坐在我对面，而我以招待上宾的礼节招待之了。

起初我并没认出"六郎"来。毕竟，我与他立交桥下匆匆一别后，已时隔三四年没再见过了。他仍穿制服短裤和 T 恤衫，但脚上却随随便便穿了双拖鞋，还剃过光头，刚长出极密的一层黑黑的发楂。他坐得也特端正、特安静，不主动说话。他为自己那些打印在 A4 纸上的诗定名为《无聊集》，三个黑体大字下边是他的网名"王六郎"，括弧内打印的五个字是"真名王任之"。下边一行字的字体与集名的字体相比，小得反差分明。

"王六郎！"

顿时，我连对他母亲也有了亲近感。

"六郎，居然是你？太使我意外了！"

我有点儿激动。

他困惑地定睛看我，仿佛不明白我何出

此言。

我启发他回忆："忘了？三四年前，在离南站不远的地方，一座立交桥下……"

他竟摇头，仍定睛看我，困惑漫出双眼，氤氲在他脸上。

我大感不解了——他临行前，不可能不知道将去谁家嘛！

"阿牛，想起来没有？"

他又摇了一下头。

这我就无可奈何了，并且没法从他的表情得出结论——他究竟是成心装出从没见过我的样子，还是真的完全不记得了？

"梁老师您……以前认识我儿子？"他母亲也困惑了——她脸上的表情证明她内心里充满了疑惑。

"妈！你问的有必要吗？"他又对他的母亲不满了。这次说话时，他扭头瞪了母亲一眼，他母亲被这一瞪，内心里显然生气了，笑笑，拿起保温杯喝了口水。我从她的眼里洞见了一股隐怒。

我只得讪讪地说："是我认错人了。老了，记忆常出差错。"

说完，向"六郎"要过诗集，戴上老花镜，低头看了起来。按说，他或他的母亲应先将诗集寄给我，待我全部看完再约见我，可他们母子并没这样（也许都是急性子吧），并且已经成了我家的客人，已经端坐在我对面了，我就半点儿挑理的意思也没流露。好在不是小说而是诗，并且多数是古体，七律、五绝之类，翻几页看几首，讲几句勉励的话，指出某方面还有待进步，这么做了也算完成朋友交给的"任务"了。

第一页第一首诗仅两行，题为《自嘲》：

螳螂误入琴工手，
鹦鹉虚传鼓吏名。

"六郎，啊不，王任之，'无聊'二字你过谦了，是不是已经有些名气了呀？"

我嘴上这么说着，内心却欣赏起来。古体

诗强调赋比兴。而兴嘛，又强调境界之高远。这两句诗在"兴"上虽显格局不大，但在"比"这方面，还是挺有意趣的。

"王六郎"，也就是王任之，少女般腼腆地说，名还是有了点儿的，不过其名体现在网上。

"我写诗，主要是为悦己，如果同时也能悦人，对我而言就不无意义了。我胸无大志，有点儿意义又符合个人兴趣的事，我在进行的过程中就感到愉快。人生苦短，愉快又挺少，比起自寻烦恼来，悦己亦欲悦人的生活态度，也算是一种挺积极的态度吧？"

自从进入我家的门，端坐在我对面的沙发上后，"六郎"第一次开口说了那么多话。这番话他说得极畅快，我觉得是他的心里话。

我抬头看他，他母亲忧郁地看我。我郑重地说："完全同意！"

"六郎"微笑了，他母亲也笑了。

第二首诗头两句将我震住了：

半截云藏峰顶塔，

两来船断雨中桥。

人在西园山翠里，

斜风细雨度清明。

湖上雾隐巫山脊，

江山对君凝愁容。

一身做客同张俭，

四海何人是孔融。

"哎呀，哎呀，六郎……不，王任之啊，你的诗呢，对不起，请你们允许我吸支烟哈……"

我摘下眼镜，用目光四处找烟，却没发现。

他母亲惴惴不安地说："如果孩子写得实在太差，您只管往直里说。他不会生气的，我更不会。"

"六郎"却说："吸我的吧。"

我接过他递给我的一支烟，他按着了打火机。

我深吸一口之后批评地问："年纪轻轻就开始吸烟了？这可不好。"

他惭愧地说："正打算戒。"

他妈却说："如果你想陪老师吸一支，就吸吧，妈批准了，不必非忍着。"

我说："我也批准了。"

他笑道："不了，没那么大瘾。"

我朝"六郎"竖起了拇指。

他母亲说："老师表扬你了，那你就干脆戒了！"

我说："能这样最好。但我这会儿最想肯定的是——王六郎，不，王任之，你这首诗我写不出来！你天生有一颗诗心！这首诗写得很棒，江湖山海居然都写到了，第二句和最后一句尤其好！总而言之，王六郎，王任之，如果你能持之以恒，在诗歌创作方面是很有前途的！"

我夹烟的手发抖，年纪大了，什么毛病都有了，稍一激动手就抖。那时的我，仿佛伯乐意外地发现了千里马。

"谢谢老师肯定，我不过就是写着玩写出来的一首诗，在苏杭旅游时触景生情……"

"六郎"那时的表情相当平静，只不过脸

上闪过了一丝具有嘲讽意味的微笑。那是一两秒内的事。我捕捉到了，但没往心里去。

"这是什么话！儿子有你这么说话的吗？找打！老师您别计较，我儿子一点儿人情世故都不懂，他情商太低，您千万别把他的话当真！"

他母亲显得颇为激动。

我接着说，希望能看完全部的诗，之后再约一个日子，用更从容也更充分的时间，与"六郎"详详细细地谈他的诗。只有这样，才不枉他们母子登门讨教的诚意。

那时，他对我这个门外汉而言，似乎是"诗圣""诗仙"了。

如果我没说那番话就好了，后来种种令我烦恼的事就可避免，与我完全无关了——起码对我是好的。好为人师往往会自我打脸，正所谓尴尬人难免尴尬事。

我送母子二人出门时，那母亲有意让儿子走在前边。当她的儿子已在门外了，她在门内小声对我说："我太不喜欢他的网名，王六郎，听起来多古怪啊，希望您能劝他改改。"

我笑道："的确，古怪的网名多了去了，他的网名其实挺有文化内涵的。但既然您当妈的难以接受，我会相机行事的。"

当我家只有我自己了，我拿起"六郎"的诗集坐下，将诗集放膝上，又吸着一支烟，低头看着"无聊集"三个字，不由自主地陷入了沉思。

那个"王六郎"王任之，他究竟是成心装出根本不认识我的样子呢，还是的确忘了我俩怎么认识的了？我俩明明加了微信，他的确将我忘了，分明不可能。

那么他又为什么非装出根本不认识我的样子呢？

左思右想，推测不出个所以然来。还有，我明明是在夸他的诗，那时他脸上闪过的具有嘲意的微笑，究竟又所为何由呢？

也是越想越违背情理。

索性不想那么多了，反正日后还会见到他，疑惑总能释然的。

三

第二天上午，"六郎"的母亲与我通了次手机，恳切地希望我下午再单独"接见"她一次。

我不解地说："您太急了吧？您儿子那么厚的诗集，我还没来得及再翻翻啊！"

她说："和诗没太大关系，所以我得单独见您，有些情况不得不预先告诉您了！"

"和诗没太大关系？另外还有什么情况啊？"

我之疑惑更大了。

她说："三言两语讲不清的。我儿子已经去过您家了，我怕他单独再去。他那么大人了，我也看不住呀。何况我还有公司里一大摊子事儿，也不能整天把自己牵他身上啊。如果您没有足够的心理准备，我怕您再见到他后，会发生什么对您不好的事。我不是说肯定会发生，但是万一呢？"

我听得身上一阵阵发冷，如置身于空调的出风口。她既已把话说到这份儿上了，除了及时见她，还能有什么办法呢？

"王任之，我儿子他……我可怜的儿子，他大三还没上完就辍学了……他……他已经住过一次精神病院了……"

"六郎"的母亲说完以上话，低下头，掏出手绢，捂住脸嘤嘤哭了。

我顿时僵住，陷入无语之渊。除了吸烟，不知如何是好。

这女士告诉我，她儿子大三时摊上了几桩自尊心受到严重伤害的事，曾有企图跳楼的举动，精神上也开始显出异常来，这使她和丈夫极度不安。在不得已的情况下，他们将儿子送往回龙观精神病院，接受了三个多月的治疗。他刚出院不久，有些诗其实是在精神病院写的……

"院方怎么诊断的呢？"

吸完一支烟，我终于镇定了，也能够问出我想了解的话了。

"结论是初期精神分裂。医生说只要以后别再受刺激，或许能好。"

我说："会那样的，我们都该相信医生的话。"

其实我说得特违心。我的亲哥二十二岁初入精神病院时，资深而善良的医生也是这么说的。当年我哥大一没读完，相比而言，"六郎"比我哥幸运。但我哥如今已八十了，仍在精神病疗养院里。我认为常住精神病院大抵也会是"六郎"的命运归宿，但我哪里忍心将我知晓的普遍规律告诉他的母亲呢？有时候，直率近于伤天害理啊！

我又问："究竟是些什么事，严重地刺激了你儿子呢？"

她说首先因为这么一件事，与她儿子同宿舍的一名同学新买的折叠手机丢了，不知怎么，她儿子成了怀疑对象。但这件事很快就水落石出——公安机关调看了多处监控录像的资料，最终发现是那名同学自己忘在食堂的餐桌上后，被别的专业的同学"捡"去了。第二件事是因为失恋——她给自己的儿子介绍了一个对象，是一位影视明星的女儿，已上过几部电视剧了，虽然演的都是可有可无的小角色，但人家女孩的父亲也算是圈内大佬，母亲出身于老革命干部家庭。她作为母亲认为，从长远来看，人家女孩在演艺界会红起来的。她儿子也答应了处处看。可第一件事发生才几天后，两人闹掰了，她儿子接连数日变得像个哑巴。第三件事就是，前两件事发生后，紧接着期末考试了，她儿子竟有三科不及格，名字上了告诫书。而她儿子那所大学，虽不是"双一流"也不是"985"，却老早就是"211"了。专业也不错，应用物理。她儿子在班上虽然不是最拔尖的学生，但总体成绩一向在前十名内……

"那，您认为，哪件事对您儿子的负面影响最大呢？"

"当然是第二件事啰！我上次来您家说过的，我儿子智商不错，情商不行。那么好的姻缘，结果让他给谈崩了。别的不论，我那二十几个人的公司，平均下来，一年也就挣个几百万。可人家女孩子，有一年连上戏带接广告，轻轻松松就挣了一千多万！还是税后！如果我们两口子有这么一个儿媳妇，将来省多大心啊，连孙儿孙女的人生都不必考虑了！这又是我儿子多大的福分啊！唉，遗憾了，太遗憾了！命里没那福，遗憾也挽救不了啦，既成事实嘛！我可不愿提这事儿了，什么时候提什么时候觉得窝囊！至于手机那事儿，我和他爸当时就没太当回事儿！两万来元的一部手机，对于我们这样的家庭，算什么呀！只要儿子特别喜欢，即使一开口就要十部，我们当爸妈的，眼都不眨一下就会给买！独生子嘛，不当宝那也是宝啊！可我儿子不赶这种时髦！为第一件事，我和他爸一起去了一次学校。老师和校领导听了我们的话，认为我们说的在理，所以才请公安介入了，为的就是早点儿还我儿子个清白嘛！清者自清，事实证明了这一点嘛！第三件事就更不是个事儿了！补考就补考呗！事出有因，加把劲儿，用学习实力证明自己不是一败涂地就行了嘛！"

这女士打开了话匣子，滔滔不绝竹筒倒豆子般说了这一大番话。看得出来，这些话憋在她心里很久了。

"主要是第二件事！人家女孩子和他分手后，转身就跟一位导演好上了！以现而今的成功人士的概念看，拍过两三部长剧的导演肯定就是成功人士了嘛，哪位不是起码八位数的身价呢？"

"八位数是多少？"

我一时算不过这账来。

"过千万甚至几千万啊！相比之下，我们这样的家庭半点儿优势也没有了。我儿子就更不值一提了，等于还处在一无所有的时期嘛！一无所有再加上情商低，既不会好好哄人家，更不肯放低自尊顺着人家，人家姑娘干吗非跟你处下去呀？老师，毫无疑问，正是这件事，将我儿子的精神体系轰垮了！"

我以为她的话已经说完了，不料她又格外强调、重点分析地做了两番补充。她第一次成为我家的客人时，自然而然话里话外所流露的是难以掩饰的优越感。第二次坐在我对面时，由于谈到了她儿子那无可挽救的恋爱，她竟表现出了强烈的自卑，仿佛她的儿子及她的家庭错失了被册封为贵族的良机，因而也错失了大宗财富似的。她内心里不但对儿子大失所望，其实也存在着幽怨了——可怜天下父母心！虽然她并没说出这种话，但她的表情没骗过我的眼睛。

我十分诧异。

除了默默吸烟，不复有话可说。而一个男人面对自己家的客人（特别是一位女客）无话可说的情形，乃是十分尴尬的处境。对双方都是这样。

"梁老师，我……我觉得自己作为母亲有责任使您知道的事，都毫无保留地告诉您了。虽说家丑不可外扬，但我顾不上那么多了。您要是还有什么想了解的，只管问吧……"

她打破沉默的话，使我不得不开口了。

我感谢她特意来我家一趟，没拿我当外人，告诉我那么多不宜对外人道的事。我说的是真心话，被信任是一种好感觉。我说我暂时没什么还想了解的了，并且保证，即使她没陪着，她儿子独自来我家，我也不会将她儿子当成危险人物。对于我，她儿子不但一点儿不危险，而且还曾留下特良好的印象。

于是我向她讲了三四年前我与她儿子认识的经过。

"还互加了微信？哎呀，哎呀，你们爷儿俩这不是有缘吗？我说你们爷儿俩，您不介意吧？"

她又有点儿激动了。由于新话题的产生，我和她终于都从尴尬中解脱了。

我说："有什么介意的呢？本来就是缘分嘛，按岁数论，我俩也确是爷儿俩的关系啊！"

我说的还是真心话。到那时为止，"六郎"曾给我留下的良好印象仍没受到任何损坏。我内心里除了对他所遭遇的三件事抱有同情的态度，除了对他居然退学了、居然还住了一次精神病院深感惋惜，并无别的什么负面看法。

"这孩子，从没对我提过，我对天发誓，

他可一个字都没对我提过！我回去一定审问他，数落他！"

当母亲的又生儿子的气了。

我赶紧说："千万别！何必呢？不论什么原因，都没有认真的必要。如果我想知道，以后慢慢会知道的。那么，您不是也知道了？"

"您认为诗……我的意思是，写诗这件事，能使我儿子的病逐渐好起来吗？"

在泪翳后边，她眼里闪出希冀的光。

我略一犹豫，含糊地说："对于他，目前有事做总比无事可做好，爱写诗是对任何人都大有裨益的事。我觉得，也许……不，我差不多可以肯定，诗会使奇迹发生的。"

我说违心话了。

"跟您聊了聊，心情好多了，太感谢您了！如果我儿子将来能成为诗人，我们夫妇会接受那样的现实的！反正我们就这么一个儿子，以我们的经济能力养得起他。儿子成了诗人，那也不是多么丢人的事，对吧？"

她终于站了起来。

我肯定地说："对。不是不是。"

"您刚才说，您儿子的精神体系……据您所知，究竟是怎样的体系？"

在我家门口，在玄关灯下，我忍不住问了一个问题——这是我唯一主动说的话，也是最想问的问题。

"啊，是啊是啊，我是那么说过，我儿子自己经常那么说，可他说的是思想体系还是精神体系，我记不大清了。反正精神也罢，思想也罢，在我这儿都是一回事儿。也许他那时就有点儿精神不正常了，精神不正常的人还不都是由于思想出了问题？要不才二十几岁的人，怎会自以为有什么体系？"

"对不起啊，我的话也许问得太冒昧，您和您丈夫，双方的家族有没有精神病史呢？"

她的话促使我问了另一个问题。

她说医生也这么问过，绝对没有。

送走她，我又独自吸了支烟——一边吸烟，一边与朋友的朋友通了次视频。朋友的朋友的脸刚一出现，我就不留情面地将他斥责了一通。

他被训了一会儿才明白，我是因为他没告诉我
"爱写诗的孩子"住过一次精神病院而生气。

他一脸无辜地替自己辩解，他的朋友也没
告诉他，若非听我说，他也不知道！

朋友的朋友一脸慈悲地说："那么这事儿
你更得认真对待了，帮人帮到底，不许当一般
事儿来应付！"

四

"阿牛老师，拙诗您又看了一部分没有？"

"全拜读了！"

"那，肯再赐教否？"

"欢迎光临，时间你定。"

"那，如果我单独去呢？"

"同样欢迎。"

我和"王六郎"终于进行微信联系了。对
于我，像互用代号的单线联系方式开始启用，
感觉古怪，颇神秘似的。

两天后他又出现在我家，还是那一身，脚

上穿的仍是拖鞋。这次他倒特随便，居然替我清洗了烟灰缸，之后坐下，大大方方地吸烟。

我说："经我允许了吗？"

他笑道："谁跟谁啊，在您家连这点儿自由还不给？"

我严肃地说："只批准你吸一支。"

"此时此刻，一支足矣。君子言笃，我戒烟那话仍算数。"

他也表情庄重起来，怕烟灰落茶几上，将烟灰缸向自己挪近了些。

他一这样，我反而因自己装严肃不好意思了，笑问："买不起鞋了？穿双拖鞋到处走很有派？"

他又笑了，亦庄亦谐地说："有派当然谈不上，一不小心成了诗人，不是想体会体会诗人那种落拓的范儿是什么感受嘛。"

"上次在我家，为什么装作从不认识我？"

"制造点儿悬念，好玩呗。生活中要是连点儿戏剧性的情节都没有，岂不是太无趣了？"

"动机如此单纯？"

"单纯的人，无复杂之念。人一患了精神病，想不单纯都不能了。"

在我心中形成大困惑的事，经他这么一说，仿佛是我自寻烦恼了。偏偏，他又诚恳地加了一句："对不起，害您想多了。"

"我没往多了想。你……果然学了理工科？"

我愣了愣，一时搞不清他的话究竟是荒腔走板的疯话，还是正常人的正常话，于是明智地转移话题。

他却说："您已经向我连发四问了，能否容我插一句，也问问您呢？"

我又一愣，只得说："好吧，请问。"

"我妈也来过了？或者，与您通过话？"

"没有，绝对没有。你想多了。"

我不假思索就立刻否定，连自己也不明白为什么要否定得那么干脆，还否定得那么快，没过脑子似的。

"这就不对了。上次我们并没谈过我的专业，如果我妈没来过，您也没跟她通过话，您怎么知道我学的是理工科呢？”

他注视着我又问，几近无邪的眼睛像看着主人的狗宝宝的眼睛。

我不但发愣，简直还有点儿羞耻了。

“六郎啊，别忘了，你是为什么来的。你应该理解，我的时间是宝贵的，咱俩你一句我一句逗闷子似的聊些不着调的话，这算怎么回事？有意思吗？”

我又一次试图转移话题，就转移到关于诗的方面。

“那么好吧，当我没问，咱们开始谈诗吧。我必须向您声明，您上次特别欣赏的那首诗，不是我写的，是别人写的。”

“别……人？”

“对，古人。具体说，是清代诗人们写的。”

“诗人……们？”

“对，我从四位清代诗人的诗中各抄两句，组成了那首七律。”

“你……为什么？”

“起初是因为喜欢纳兰性德的诗。也不是

多么喜欢，我们那所理工大学有老师开了那么一门选修课，为的是提升学生的人文素养。不知怎么一来，许多女生都喜欢上了。后来我认为，纳兰氏的诗并非多么好，浮丽缠绵而已。女生们喜欢的更多是他的豪门身世，还有他的样貌，据说他的样貌像小鲜肉……"

"别扯远了，谈重点。"

"重点就是……"

据他说，恰恰由于对纳兰性德的诗不以为然，促使他想了解一下中国古诗到了有清一代，究竟还有怎样的气象可言，于是他在图书馆发现了一部书叫《雪桥诗话》，之后成了枕边书，每每爱不释手……

我边听边在百度上查，还真查到了那么一部书。严格地说不属于诗集汇编，而是一部关于清代诗人以及他们的诗事掌故的小百科书。

"六郎"交代，在他的诗集中，大约凡是入我法眼的，都是他从《雪桥诗话》中东抄一句西抄一句拼凑成的。

"还是没说到重点，究竟为什么？"

"说了呀，您没注意听吧？"

"我一直在注意听，你说的是关注清诗的起因，并没说你为什么要骗我，一句都没说！"

"您恼羞成怒了？"

我确实有几分恼羞成怒。他这句话点醒了我，使我立刻意识到，对于一名住过精神病院的青年，一名曾给我留下深刻而良好之印象的青年，一名求知欲挺强的青年，我既已邀人家来了，若不能善待他，那么我的表现也太糟糕了。

"我有吗？怎么会！六郎，你应该明白，咱们爷儿俩肯定是有缘的，我很在意这份缘。所以，我们之间的谈话，都没必要兜什么弯子，更没必要互相挑理、抬杠，你说对吗？"

我做出和颜悦色的表情，希望接下来的交谈气氛不再令我神经绷紧。

"百分之百同意。我想在我妈先于我又来了一次之后，您最想知道的肯定是，主要由于什么原因，使我住进了一次精神病院是吧？"

我万没料到他竟如此单刀直入，然而却已点头。

"我妈肯定已对您说过，她认为主要是失恋原因，医生、护士也是那么认为的。我住院不久，从医生到护士到患者，就都私下说'又住进一个失恋的'！唉，这世界怎么那么多自以为是的人？"

"如果不是……"

"当然不是！我才没那么玻璃心！我爱的姑娘，第一她要爱护小动物，以及一切无害的弱小的生命，第二她要爱花，第三她要爱听歌。我在沉浸地听一首好歌时，如果一时感动眼眶湿了，她要能理解，而不是认为我神经出了问题。那小妖姬与以上三点都不沾边，我王六郎怎么会因为她不爱我就疯了呢？心性不同，岂能成为同床共枕之人？"

"你当面叫过她'小妖姬'？"

"没有。绝对没有！当面我叫她全名，只在内心里将她看成小妖姬。"

"为什么当面叫她全名呢？普遍情况是，恋爱中的青年互相都叫昵称嘛。"

"问题是我对她根本没有过动心的时候！

您设想一下，假如我是皮埃尔而她是海伦……"

"容我打断一下，既然你读过《战争与和平》，那么你就得承认，皮埃尔起初对海伦也是大动凡心的。"

"可如果皮埃尔不是由于继承了爵位，成了贵族中的富豪，他起初会爱上高傲、本质上又极其俗气并且水性杨花的海伦吗？在《战争与和平》中，他俩不久之后不是就闹离婚了吗？我与那小妖姬交往，纯粹是由于经不住我妈的絮叨。所以，她转而跟一位导演好上了，正中我下怀！不论她将来多么发达，我也毫不后悔！根本不一样的人成了夫妻，那结果不肯定是同床异梦吗？补考更不是个事儿了，连个坎儿都算不上！稍微加把劲儿，名次也许还往前跃了呢。使我当时想不开而精神失常的，是胡鸿志！"

我忍不住又打断他："六郎，你承认自己精神失常吗？"

他立刻纠正："失常过。这一点已经成为事实，我当然承认啰！精神病也不过就是一种病，医院给出了权威性诊断，我也住过一次院了，为什么要否认呢？不过现在我出院了，证明我好了。"

"你这么想我太高兴了。胡鸿志是谁？"

我在心里说："谢天谢地！"——倘患过精神病的人承认自己曾患过此病，奇迹便有发生的可能。

"胡鸿志是睡我下铺的同学。通常情况是，先报到的同学优先选择铺位。我比他早报到一天，选择了下铺。他最后一个报到，只剩我的上铺还空着了。他是典型的胖子，以后每天不知要上上下下多少次，那对他多不方便啊。所以呢，我主动将自己的下铺让给了他。后来我们的关系就越处越好了，好到什么程度呢，我认为可以用'虽非手足，情同手足'来形容。他家经济状况一般般，母亲开杂货店，父亲常年在外地打工。可他却是各方面都极要强的学生，除了体育。连在同宿舍的六名同学中，他也要暗争谁的影响力最大……"

"要强得不过分的话，并非缺点。"

"是吗？"

"我的话没毛病。"

"可在两方面他争不过我。一是学习，无论他怎么努力，名次总是排在我后边。我承认，我不允许情况反过来，他有多努力，我就比他更努力……"

"你们这是成心内卷。"

"也不能这么说，学校虽然不搞排名那一套了，但同学间还暗中排名呢！我的成绩如果落在了他后边，我就守不住前十的红线了。另一方面他也没法跟我争，我是我们六名同学中的主心骨，是核心人物、结账者。看电影、看戏剧、聚餐、周末郊游，我一向是出钱的主。我心甘情愿，他们心安理得。我爸妈给我的生活费很充足，甚至可以说太充足了，我自己花不完，让同学们沾沾我的光不是挺应该的吗？您知道拉法特这个人物吗？"

我想了想，照实说不知道。

"在《战争与和平》中，草婴译的那版，第一卷第九页，由虚伪又贪财的华西里公爵的口引出过这么一位人物，注解中注明他是瑞士作家，著过《相面术》一书……"

"跑题了，别掉书袋。"

然而我不禁暗自惊讶他读书之细、记忆力之强。同时，内心里又生出大的惋惜。

"《战争与和平》使我第一次了解到，世上竟有《相面术》一类书，这引起了我极大的阅读兴趣，可不论在校图书馆还是市图书馆，以及国家图书馆，都没找到这本书，也许根本不曾译过来。在此过程中，我翻阅了几本咱们中国的同类书。所有这些书中，无一例外地记载，体胖而眉修目细者，是谓佛相，敦厚有善根，胡鸿志基本就长这样。受面相学的影响，我俩之间虽然也形成了内卷，但我仍将他当成好同学，同学中的好朋友。我们这一代独生子，其实内心里特别渴望真友情。有一个假期，他还在我家住了十几天。我给他买的机票，因为他没坐过飞机。网约车虽然更方便，但我妈开车我陪着，我们母子二人一起将他送到了机场……可……可我怎么也想不到，害我者，鸿志也！"

"六郎"掏出烟盒，又叼上了烟。他的手指发抖，唇也抖。由于唇抖，一边的面颊抽搐了几次。

我说："六郎，咱不激动。事情已经过去了，不管多么严重，都不可能对你造成二次伤害了！"

他却说："那样的疼，一次就够记一辈子了！"

按"六郎"的说法是，在食堂里，人已经很少时，有一名往外走的学生经过了他们六名同宿舍的同学坐过的餐桌。只剩胡鸿志还坐在那里，被遗忘的手机显眼地摆在他对面。

那位外专业的同学被手机吸引了，看着胡鸿志说："肯定不是你的呗。"

胡鸿志的表情没做任何反应。

外专业的同学又说："那我替主人保管了，是谁的你让他来找我，反正咱们以后还会在食堂见到的。"

对方说完，拿起手机匆匆走了。

　　"如果食堂的那个地方没有监控，如果虽有却坏了，那么我跳进黄河也洗不清了。因为我曾对那手机表现出了喜欢，还开玩笑地说过：'哪天丢了，别往我身上怀疑啊！'正因为有监控，找到那名外专业的同学易如反掌，而那名外专业的同学振振有词地自辩，自己只不过是替手机的主人保管，如果不是自己当时拿走了，也许还真丢了呢！并且，后来他也确实碰见了胡鸿志几次，倒是胡鸿志反而装作不认识他。监控显示，他分分明明对胡鸿志说过几句话。胡鸿志无法否认，一时也来不及胡乱编，只得承认对方是那么说了。结果呢，公安的同志为难了，无法以'偷'定罪啊。但公安的同志也很困惑，问胡鸿志为什么不告诉手机的主人。您猜他怎么回答？他说忘了！公安的同志又问他：'你后来多次见到过拿走手机的人，他没能使你想起什么吗？'他说自己脸盲……"

　　"别吸了！都快吸到过滤嘴了……"

　　在我的制止下，"六郎"才将烟头按入烟灰缸，随即站了起来。

我又一次制止："坐下！否则我不听你讲了……"

他这才坐下，眼里充满愤恨。

"嗑会儿瓜子。"

我将盛瓜子的小碟推向他。

他服从地抓起几颗瓜子，由于手抖，唇也抖，竟嗑不成。

"那，含块糖吧。"

我剥了一块糖递向他。

"含着糖我还怎么说话？"

他没接，拿起带来的矿泉水，一口气喝了小半瓶。招待"王六郎"这样的客人是很省事的。精神病患者通常要靠安眠药才能保证睡眠质量，所以往往医嘱他们勿饮咖啡或茶，这一点我懂，看来他自己也清楚，并且遵守得挺自觉。

我问："那些细节，你又是怎么知道的？"

他说公安方面既不能定那个外专业的学生什么罪名，也不能定胡鸿志的罪。他一口咬定自己"忘了""脸盲"，任何一条法律都拿他没办法。公安的同志只得留下讯问材料，由学校自行处理。学校也拿他俩没辙，批评教育了一番，也就将这件事按下了。而学生们在各类"群"里亢奋了多日，各种看法都有，一些细节不知怎么就曝了出来。

"不可全信吧？"

"如果并不属实，校方怎么不出面澄清？胡鸿志又为什么不抗议？不少同学认为，胡鸿志的本念是，想趁食堂里人再少的时候将手机占为己有，被别人抢先拿走了是他没想到的！可谁理解我的感受？在真相还没大白的那几天里，我蒙受了出生以来的奇耻大辱！胡鸿志，我的好同学，好同学中的好朋友，由于他'忘了'，他'脸盲'，使我成了重点怀疑对象，身背偷名百口莫辩！他怎么能这样对我！我俩可是'虽非手足，情同手足'的关系啊！有些日子，他往上铺蹬的时候，我恨不得抓住他腿将他拽下来，摔他个仰面朝天！然后骑他身上，掐住他！"

"六郎"的双手做出将人往死里掐的手势，同时咬紧他的牙，这时他两腮的肌肉绷硬了，颈部的血管也凸显了。

我起身找来一把折扇递给他。

"我王六郎为什么会受到朋友如此卑鄙的陷害？"

他接过扇子，没扇，啪地在茶几上击打了一下。

我说："别发那么大火，冷静冷静。还是刚才那句话，事情已经过去了，不会对你造成二次伤害了。"

"一次还不够受的吗？这种耻辱我终生难忘！"

他又用扇子击打了一下茶几。

我强装一笑，不以为然地说："如果那种事发生在书中的王六郎身上，你觉得他会像你现在这样吗？"

"好，好，很好，我正想请教请教您对蒲松龄和王六郎的看法呢！既然您先引起话头，那咱俩掰开了，揉碎了，细说端详吧！您认为，如果蒲松龄是王六郎那个少年溺亡鬼，他会因为大发慈悲而放弃千载难逢的投生机会吗？那机会可是众神出于对他的爱怜，按照冥界合法程序恩赐给他的，对不对？"

"对。"

"如果错失了机会，下次不知要再等多久了，对不对？"

"对。也许几年、十几年后，也许几百年、逾千年后——蒲松龄是那么写的。"

"那是编的！一个女人怀抱一个孩子投河，这是那女人的错！也是那孩子的命，与王六郎并不相干！并非是他自己用了什么不道德的方式，要以别人的命换自己一次投生的机会，是上苍那么安排的，对不对？"

"对。你到底要说什么？"

"还是那句话，如果蒲松龄就是王六郎，他会放弃吗？"

"这……这你叫我如何回答？"

"正面回答！"

他终于展开了扇子，在胸前忽嗒忽嗒地扇，仿佛他是良知拷问者，而我是被审判者。

"你的问题谁都没法回答！如果蒲松龄还

活着，我们倒可以问问他，但他已经……"

我有些不耐烦了。

"那么您就当您是王六郎，我们假设哈，您会错过那么一次投生的机会吗？那可是千载难逢的机会，想好了再回答！作家应该是诚实的人，别一张嘴就胡咧咧！"

他手中的扇子忽嗒得更来劲儿了，一下紧接一下，速度很快。看上去不像是在扇风，倒像是表演手技。

我更烦了，耐着性子说："我嘛，大约是做不到的，我没有那么高尚的品格。我想，我想蒲松龄大约也是做不到的。因为他毕竟不是圣人，圣人是人类的一种想象，但……"

"哈！哈！"他手中的扇子不忽嗒了，一甩之下唰地收拢，接着不断敲击另一只手的手心，脸上浮现精神胜利者蔑视论敌的冷笑。

我愣住，气不打一处来。

"你！"他用扇子朝我一指，"还有蒲松龄！你们都是一路货！明明自己做不到，为什么还要编出那么多烂故事骗人？虚伪啊虚伪！

难怪鲁迅说……"

"别搬出鲁迅！最看不惯你这号年轻人！读了几页鲁迅的书，仿佛就是人性专家了！蒲松龄创作出王六郎这一人物，体现的是他对人性的理想！人性是在理想的熏陶之下一点点进步的！没有理想的熏陶，人类也许至今仍吃人呢！你仅凭自己读那点儿书，一味在我面前掉书袋，恰恰证明你的肤浅！老实告诉你，我忍你多时了！你既然已经开始贬损蒲松龄了，为什么网名还叫王六郎？干脆叫王六鬼算了！"

我失控了，边说边站了起来，挥舞手臂，在他面前踱来踱去，顺手将扇子从他手中夺了过来，用扇子朝他一指："你！你受那点儿冤枉算什么？'玻璃心'指的就是你这类青年！疼了一下怎么了？世界上一生从没受过伤害的人很多很多吗？刚被伤害一次就好像把世界看透了？古今中外，这世界上还有不少普罗米修斯式的人呢，你的话明摆着是对他们的大不敬！如果你以后还这样，好人会躲你远远的，你这样下去，根本不值得好人在任何情况下挺身而出保护你！"

谢天谢地，我的手机那时响了。响得可真及时啊！否则，不知我还会对他训斥出什么话来！而那会使我倍感罪过的。终究，他是一个曾住过精神病院的青年啊！

是一次关于采访的通话。我在别的房间通话完，重新出现在他面前时，见他复坐得端端正正的，两只手放在膝上，一点儿都不抖了。表情也近于平静，只不过双颊淌下汗来，脸色有点儿苍白。

对于精神病病人，有时大加训斥也会使他们平静下来——这不仅是我的经验，而且是被事实证明了的。在精神病院，这一招往往挺奏效，特别是女护士训男患者，那真叫一物降一物！有的男患者见女护士要生气了，还没被训呢就开始变乖了。不过，得像"六郎"这种轻患者才管用。

我虽对自己的失控心生惭愧，但完成义托的初衷却已荡然无存。这第二次单独见面，我除了由诗受辱，就根本没谈几句诗嘛！而若不谈他的诗，我又何苦非要陪一个精神不正常的人谈下去呢？

"那什么，对不起，一会儿有人来采访，只得请你告辞了。"

我因索然而撒谎。

那时我的确是虚伪的。即使他没看出来，我之虚伪也是事实。

"骗我。您那么大声说的话，我隔着房门全听到了，您和对方约定的时间是明天上午。"

耳听之实，有时比眼见之实更是事实。

我张口结舌。

"其实，您根本不必撒谎，太损害您在我心目中的良好形象了。如果您已经烦我了，直说最好，我这种住过精神病院的人，使别人烦很正常。"

他说时，自卑地笑了。他的话明明是在刻薄地嘲讽我，却还要装出自卑的样子——在我看来他分明是装的，因而我认为那时的他也很虚伪，这使我的惭愧减少了，却同时让我大为光火。

我曾以为精神病病人大抵会因病而变得思维简单，不再有虚伪可言，那会儿"王六郎"的表现颠覆了我的认知。

"你给我站起来！"

他服从地缓缓站起。

我朝房门一指，低声却严厉地说："出去！"

他没动，小声说："您恼羞成怒？"

是的，我之一怒，因羞因恼。

我又说："立刻给我出去！"

他便朝门外走去，两步后转身说："如果我冒犯了您，向您道歉，请您原谅。"

他深鞠一躬。

而我走到他跟前，将双手搭他肩上，似乎是在亲昵地往外送他，实际上是在往外推他。

门一开，我愣住，他也愣住——他母亲居然站在门外，眼有泪花。

她说："请别见怪，我儿子单独来见您，我不是……不放心嘛……"

可怜天下父母心，可怜天下父母心啊！

"六郎"说："妈，搂搂我……"

他母亲就搂抱住了他，并说："又受伤了吧？谁叫你说那么多惹老师生气的话呢？这下，没脸再来了吧？还不向老师赔礼道歉！"

他说："道过歉了，也鞠了一躬。"

他说完哭了。

我一转身，背朝那母子，心里难受。

事情居然变得如此别扭，实非我愿。

"梁老师，太给您添麻烦了，谢谢啊，我们今后不会再来打扰了！"

她的话使我不得不向她转过身去。

"我也给您鞠躬了。"

那女士也朝我深鞠一躬。

我不知所措，立刻还以一鞠躬，口中说了些什么，自己都记不清了。

我将他们母子送到了电梯口那儿，邻家的丈夫恰巧在等电梯。他与我很熟，每见必打招呼，但"六郎"母子都哭过的样子使他十分诧异，打招呼不是，不打招呼也不是，往后退让两步，低头看手机。

当天晚上，我主动与"六郎"的母亲通话。

她代表她丈夫再次感谢我，说她丈夫也因儿子惹我生气了向我道歉，请我原谅。她说自从儿子病了以后，她丈夫的一头浓发一下子白了一半，整天唉声叹气。

她说着说着，小声哭了。

而我再度撒谎，说事情绝非她在门外听到的那样，往往亲耳听到也不能据以为实——我的解释是，我成心那样，为的是一旦装出严厉的样子，他们的儿子就怕我。

"他显然是不怕你的，估计也不怕他父亲。还是的，我猜对了嘛！像他目前这种情况，没个怕的人是不行的，你们当爸当妈的，他不怕你们符合普遍规律。而我，虽然非亲非故，却是他希望经常见到的人。你们的儿子，从本质上讲也是读书种子，文学青年嘛！而我是老作家，名气嘛大小也还是有些的。所以没个人和你们的儿子谈读书、谈文学，他会憋闷得受不了。目前，我是他唯一的人选。可如果我在应该使他怕我一下的时候没那么做，他再见我也就没什么意义了。我今天成心对他发脾气，正是要使自己在他心里成为这么一个人——既是知音而又有点儿怕的人，也就是诤友！所以呢，希望你们当父母的，能正确理解我的一番苦心……"

我真正的苦心，是极力想要修补自己在一位无助的母亲心目中的形象。那一刻，我既同情"王六郎"，也很同情他的父母。甚至，对他父母的同情还多点儿。连我自己也分不清，我口中所说的话，哪几句是由衷的，哪几句只不过是变相的自辩。

"哎呀，哎呀，梁老师太好了，多谢您为我们和我们的儿子考虑得这么细，太令我感动了！那什么，我没理解错的话，您的意思是……我儿子以后还是可以再去见您的？"

"嗯……在我空闲的时候……当然，那当然，您并没理解错……"

我嘴上这么说，内心里也开始同情自己了。

显然，她丈夫正在她旁边，一直在听我和她通话。

这时，与我通话的就换成了她丈夫。他也

照例说了些感激又感动的话，并说他们的儿子回到家里后一直挺懊丧，希望我跟他儿子也说几句话……

"儿子！儿子！梁老师要跟你说几句话……"不待我同意，他已高声大嗓喊起他的儿子来。

我赶紧制止他，说"六郎"也许正在消化我对他的劝导，来日方长，我俩加着微信呢，我会主动通过微信与"六郎"交流的……

结束通话，我呆坐沉思，逐渐形成了一种颇能安慰自己的逻辑——所谓虚伪，当指通过心口不一、口是心非的话语，蒙骗别人上当，或对别人居心叵测、图谋不轨……

我没这些目的。

这么一想，心情好点儿了。

五

我并没主动给"王六郎"发微信，是他主动的。三天后我才关注到是一篇学诗心得。他的心得没题目也没称呼，起句就谈诗。他认为中国古代诗词除了赋、比、兴三大要义，还有两种美感尚未被充分评论，便是画面感和时空切换之得心应手。他举"大漠孤烟直，长河落日圆"强调画面的宏阔感；举"小荷才露尖尖角，早有蜻蜓立上头"来证明画面的细微感；也举了"有时三点两点雨，到处十枝五枝花"证明画面感的"趣"。至于时空切换，举例尤多，如"道由白云尽，春与青溪长""绝壁垂椎径，春泥陷虎踪""残雪暗随冰笋滴，新春偷向柳梢归"，等等。所极赞者，当属张继之《枫桥夜泊》，认为四句诗中体现了极现代的运用自如的电影语言——中远景、俯仰摄、声色同步等镜头转变方式浑然一体，使人如在看电影。他将以上两点心得归结为动态描写之经验与诗句"剪辑"之精当，统称为古代景象观赏之"四维本能"。而"兴"者，时空三维之外所生主观思想耳。

我一不"小心"又被惊着了。

古今名士讲诗析词的我看过不少，但以上

"心得"，却闻所未闻，见所未见。

"胡鸿志，胡鸿志，你罪过啊罪过！该死啊该死！"

我内心不禁发出了诅咒。

听"六郎"讲胡鸿志时，我虽得出了"小人"印象，却并没怎么恨得起来。毕竟，他那类"小人"并未直接危害到我，难以站在"六郎"的立场换位思考。可这时刻，我感同身受了，并产生了一种由京剧念白引起的喟叹："上苍上苍，既生王任之，何生胡鸿志！"

"六郎"认为，对中国古典诗词的优长继承得好的，与其说是当代诗歌，莫如说是当代歌词。他认为中国当代歌词旖旎多彩的新页，得益于 20 世纪 80 年代伊始流行歌词的正面影响。其举《黄土高坡》《命运不是辘轳》《沧海一声笑》《天边》《这世界那么多人》等流行歌曲为例，分析了它们是如何从古代诗词中汲取营养的……

他的"心得"内容丰富扎实，如一篇角度新颖独特的小论文。倘我是导师，定会给出高分。

在"心得"最下方，仅以这样一行字结束——期待指正。

他还真够高傲的！换了另外任何一个青年，大抵都会写"请梁老师指正"的，他却连"梁老师"三个字都懒得稍动一下手指打上去，好像他忘了"老师"二字是他当年主动叫的。难不成他认为那是他当年赐予我的叫法，在我伤了他一次之后，决定收回啦？

然而他这篇"小论文"写得多么好哇！好到我根本不可能无动于衷不做反应的程度——起码在我看来是这样。

于是我回复了几百字拜读"心得"的心得，恭称他为"兄台"，赞赏他的"心得"为"奇丽慧文"——三分"奉承"，七分真话。

对于我的反应，他做出了极快的反应。

"啊……哈哈哈哈！您可真会开玩笑，承受不起、承受不起，大大的承受不起呀！但我现在非常需要表扬的话，全盘收下了！又，我喜欢阁下称我'兄台'，以后我称您阁下，您称我兄台，就这样一直戏称下去可好？我现在也极需要生活中有点儿乐子！"

　　他的表达三分嘻哈，七分认真。有一点可以肯定，他不再生我气了。也可以认为，虽然他进过精神病院，本质上却还是当年那个内心阳光的大男孩。只有内心阳光的人，会愿意抛弃前嫌而不至于耿耿于怀，积恨成仇。

　　自这日后，我俩通过微信交流得多了，却也不是太频繁。他理解我各种应酬不断，仅希望我有空就关注一下他，有指导意见就回复一下，没有则算了，不必非得次次回复。

　　实际上我的做法也只能那样。

　　他的理解颇令我为他高兴——能替别人考虑是正常人的表现，我真心祝愿他早日成为一个正常人。

　　我俩主要在谈诗了。与其说是我在指导他写诗，莫如说他在促使我这个门外汉一步步入门。原来他从中学时期就开始写诗了，新旧诗作加起来近百首。他表示要一一认真修改，该淘汰的淘汰，精选出自己满意的，打算出一本诗集。

我支持他的计划。

事情在向好的方面发展。

他父亲也与我通了一次话，说他家在云南什么地方有幢别墅，也可以认为是一处小庄园，极利于休养身心，平常只有一对中年夫妇作为公司员工在那儿看管、打理。他们两口子因为工作忙，一年去不上几次，每次住不了几天，而他们的儿子去的次数更少。他们已对各自公司的工作做了较长期的部署、交代，决定带儿子去那里住一段日子……

这我更支持了，同时替"六郎"感到庆幸。据说现而今患精神疾病的年轻人渐增，绝大多数背后没有"六郎"这样的父母和家庭。

人比人，羡煞人啊！

几天后，他们一家三口起程去往云南了。

又几天后，"六郎"自云南发来三首写景感怀的诗和词。诗皆古体，不若词佳，却也都拿得出手。他特别强调，绝无抄袭组合之句，但自知欠斟酌，并不打算收入集中。

这三首诗和词说明他情绪颇佳，我认为这

一点比他的诗和词写得如何更重要、更可嘉。

我也就未加点评，只回复了一句话——"祝兄台在滇天天快乐！"

不料半月后，他给我发来一句话："我要结婚啦！"

字是红色的，镶金边，背景是他家的别墅。院内树形美观，阶旁花团锦簇，喷泉散银珠，鱼儿溪中游，左右两面墙几乎被蔷薇完全遮蔽，盛开的花朵绚烂多彩。分明还有一对孔雀，看去像真的。放大细看，不但是真的，还是活的。放大时，电脑贴图的喜鹊上下翻飞，并有爆竹无声炸开。

端的是好去处。我不但替许多别家的与"六郎"同病的青年羡慕，连自己也心向往之，顿生占有的妒念。

然而我并未当即祝贺，因不知所谓"结婚"之说是精神不正常状态下的想象，还是果如其言。

隔日，"六郎"的母亲与我通话，证实"六郎"向我发布的喜讯属实。她说对方是当地农家女，年方二十，清纯，有姿色，聪慧。儿子挺喜欢这女孩，他们夫妇也认可，临时决定将一件以前从没想过也不敢想的事顺应天意给办了，可谓不虚云南之行。

我问怎么就是顺应天意了。

她说他们一家三口是在离庄园不远的一个村里闲逛时偶遇这女孩的，"六郎"初见之时目不转睛，一步三回头。他们夫妇就托人去打听，女孩尚未处朋友。再托人试探地商议，女孩父母喜出望外，女孩自己也十分愿意。

"如果没来云南，这良机就不存在不是吗？如果人家女孩已经处对象了，我们也不能硬插一杠子啊！这不是老天有意成全此事，单看我们开窍不开窍吗？当然啰，前提是我们毕竟是不一般的家庭，我们的儿子一表人才，否则人家姑娘和人家爸妈也不肯迈出这么一步……"

我吞吞吐吐地又问："那，准备在哪儿举办婚礼呢？是云南，还是北京？"紧接着补充了一句，"若在北京，我一定参加！"

她说："又不是明媒正娶，就不回北京办了。一旦回北京办，一传俩、俩传仨的，想不搞出动静都难。而知道消息的人一旦多了，想不办得有排场些也难，过几天，悄没声地为他俩合了房，就算大功告成了……"

"可……怎么……又不是……"

"您想象贾宝玉和袭人的关系就是我儿子和那女孩的关系就对了。如果他俩一块儿生活后，任之的病彻底好了，那是我们一家三口的大幸！白养着他们小两口，我们夫妇也无怨无悔。反正养一个也是养，养两个也是养，我们有这经济实力，养得起。我们夫妇也做了另一种考虑，不瞒您说，我又怀上了。万一事不遂人愿，他们小两口根本过不长，那我们也有思想准备，理性对待，赔偿人家姑娘一笔钱就是了。谁也没长前后眼，走一步看一步呗。即使不遂人愿，那也不是我们的错，而是老天爷成心要我们！老天爷要了谁，谁都只能受着……"

我只得说，他们夫妇考虑得还是挺周全的。另有一句话到了嘴边，被我咽回去了。确切地说也不是一句话，而是一种想法。因为不愿直问，所以如鲠在喉般没问。

这想法是，我觉得他们夫妇考虑再周全，似乎忘了还有一个道德与否的问题——对那女孩。结束通话后，转而一想，又觉自己未免迂腐——她已说了，女孩父母喜出望外，女孩自己也十分愿意，钱可摆平他们的得失，谈何道德不道德呢？还好并没问出口，若问了，多讨厌啊！岂非世上本无事，庸人自扰之？

排除了头脑中的胡思乱想，心绪顿时开朗、敞亮，替"六郎"谢天谢地也！趁着高兴，给"六郎"发了一条特有温度、真情满满的祝福。

"六郎"回得也很快："最先的祝福必定来自最关心自己的那个人，我愿阁下分享我的喜悦！"

我又想，他既喜悦，果有上帝的话，那么连上帝也会替他高兴的吧？

处于蜜月中的青年，往往认为世上除了爱，再就没什么事儿还算个事儿了！大抵如此。以后一个月里，"六郎"除了给我发些照片大秀他和那女孩儿之间的亲昵，再无新诗发来。而那些照片，多数是他俩自拍的，也有别人替他俩拍的。至于别人是何人，我猜不是他妈便是他爸。

爱本身即最好最美的诗——这是许多诗人的逻辑。"六郎"显然在身心完全投入地验证这一逻辑，无暇顾及其他了。他不但是有诗为证的诗人，而且是年轻的、此前从没爱过的诗人啊！从照片上看，女孩果然秀丽、清纯，双眸晶亮，她的眼神也果然聪慧。

她的美是原生态的。

倘奇迹果然发生，那么将为精神病医学提供一条宝贵经验——男欢女爱具有意想不到的疗效。

我这么思忖时，便不禁为"六郎"虔诚祈祷。

六

我大大地想错了！

不久，也就是八月中旬的时候，"王六郎"

全家回到了北京。全家的意思是，包括那女孩。正如袭人实际上是"宝哥哥"的人，那女孩名分上也是王家的儿媳了。

"六郎"并没被爱冲昏头脑。对爱与诗，他居然做到了两不误，兼顾得不容置疑。他带回了自己编选的、每一句都产生于自己头脑中的诗集，并为自己的诗集暂定名为《拾穗集》——分为古体与自由体两部分。

他们一家四口都成了我家的客人。我第一次见到"六郎"的父亲——一位头发已经稀少，但显得处事干练的父亲。

他父亲决心已定地说，要为儿子出版这本诗集。

由于他的同时出现，"六郎"的母亲甘居配角地位了，但连连点头，对丈夫的话及时附和。"六郎"却郑重地说，出与不出，集名改或不改，哪些诗可以不收入集中，他完全听从我的意见。

那女孩几乎不说话，端庄地坐在"六郎"旁边，一只手轻挽着"六郎"的胳膊。我看她时，她便一笑，偶尔另一只手拿起待客的零食吃。

我首先肯定了集名很好，无须改。

"六郎"对他爸妈笑道："怎么样？我的话没错吧？"

他母亲也笑道："任之预见您肯定喜欢这集名。可就是，我觉得用真名好，或另起一个笔名，'王六郎'这个笔名不怎么样。"

"六郎"坚持道："妈，我连终身大事都听你们的了，出诗集这事儿你就别瞎掺和了。要出我就用'王六郎'这个笔名，否则在我这儿通不过，宁可不出。"

他的话虽然说得特平静，一点儿也不情绪化，但也有他父亲说话时的那么一股子坚决劲儿。基因真厉害，他的精神一变正常了，连说话的语气都像其父了。是的，我认为他的精神的确恢复正常了，眼神不再发直，笑得自然了。

爱也很厉害。

我说："'王六郎'这个笔名不但有出处，而且耐人寻味，在此点上我站在你们的儿子一边。"

"六郎"笑了，并说："向老师汇报，我又喜欢蒲松龄了，我的妻子就是我的婴宁。"

女孩也笑了，将头一偏，轻轻靠他肩上。

"正因为有出处，我知道了那出处以后，反而更不喜欢了……"

他母亲仍欲坚持。

"得了，你少说两句吧。笔名不过是笔名，并非多么重要的事……"

当爸的制止当妈的继续坚持己见，紧接着将自己和儿子之间的分歧摊在了我面前——他不但力主要由北京的大出版社出儿子的诗集，而且要出得精美，像珍藏本那样，就是出成豪华版也不计成本。另外，还要开一场较高规格的研讨会。总之，当爸的一心要使儿子出诗集这事在京城（他和妻子一样也将北京叫京城）办得风风光光的。"六郎"却相反，主张低调。他说自己已经适应了云南的气候，生活在庄园觉得很幸福，而云南也有几位优秀的诗人，所以他宁愿在云南的出版社出诗集，宁愿在当地开一次小型研讨会，认识认识云南的诗人们。

对于自己以后的人生，他做出了长远规划——更多的时候生活在云南，有诗有爱，享受幸福。

"生活在远离市区的地方,有什么幸福的？"

"生活在那么好的环境里，还不幸福吗？古代的府邸也就这样吧？还得多好才算好？"

"你靠写诗能养活自己吗？"

"写诗当然挣不到钱，纯粹是爱好。以后我还会尝试创作小说、电影或电视剧本。总之我自信以后完全可以靠创作养活我俩，逐渐就不必再花你们的钱了。"

"六郎"这么说时，女孩脉脉含情地看他，目光中满是信任和依赖。

"我提到钱了吗？你老爸说一个'钱'字了吗？儿子，根本不是钱的问题。咱家是那种差钱的人家吗？儿子，好儿子，老爸实际上是这么想的，正因为你有这种打算，所以老爸得帮你在京城产生影响，从而打开局面！功夫往往在诗外，这个道理你也应该懂嘛！你只有日后成功了，是京城的一个人物了，才是对那几个当初伤害你的小子最强有力的反击！"

当爸的略显激动地那么说时，"六郎"起初还挺耐心地听，及至后来，显得不耐烦了，将头一扭，生气地说："不爱听，那一页在我这儿已翻篇儿了！"

"你看你这孩子！我……"

当爸的向我耸肩、摊手，并使眼色，意思是让我帮着劝。

当妈的终于逮着机会插话了。

她说："儿子，你也得理解理解我们父母的心情啊！你俩的事，爸妈没怎么替你们办，爸妈不是一直觉得对不起你嘛！所以，你爸那么坚持，也是要弥补一下遗憾，替我们自己找补回心理的平衡。儿子，这你得学着理解点儿哈！"她也向我使眼色，眼色中有与她丈夫同样的意思。她显出特别委屈的样子，泪汪汪的了。

这一对夫妇与儿子的关系似乎有点儿奇怪——当自己的儿子精神被诊断出问题后，他们唯恐对儿子没做到百依百顺，仿佛奴婢侍奉主人；一旦他们觉得儿子的精神恢复正常了，情形似乎又反过来了，竟在一些无关紧要的问题上据理力争了！

听着他们之间的对话，我内心里产生了不解。而当他们陷入沉默的僵局时，我又想通了——大多数父母与他们的"六郎"这样的儿子之间，基本如此啊！而这，也是父母所以可怜的方面。

我不表态也得表态了。

我知我不可以选边站，便和稀泥。

我说："这样行不，两天后我将诗集读过再议。如果我觉得水平上乘，那么任之你就听你父亲的安排。明明值得，为什么偏不呢？如果水平居中，那么我认为你们做父母的也要面对现实，明明不值得往影响大了办，非弄出太大的动静，不见得是好事。"

"六郎"立刻说："这话我爱听，同意！"

他爸欲言又止，他妈用胳膊肘拐了他爸一下，连说："行，行！"

第二天下午我就将诗集读完了。看来"六郎"是有自知之明的，而我十分赞成他的主张。

　　但晚上，"六郎"的父亲提前打来了电话。

　　当父亲的直白地说："梁先生，梁老师，咱们都明白，文学嘛，诗嘛，还不是仁者见仁，智者见智嘛！我们夫妇的愿望，全靠您的结论成全啦！"

　　显然，手机被他妻子夺去了。

　　"梁老师，您更得理解我们，我们两口子都是很顾面子的人！在我们的圈子，面子就是人设，人设就是面子，有时得像顾命那么顾！自从儿子出事后，我们当父母的'压力山大'！所以，现在我们非把面子找回来不可！此时不找，更待何时呢？"

　　我听到了抽泣声。

　　手机复归她丈夫了。

　　那当爸的说："请您千万别见怪，我们真没拿您当外人，因为您从前是我们儿子唯一的成人朋友，而现在是他唯一的朋友！我们的意思，您懂的……"

　　他们的意思我确实懂，也不难懂。

　　于是关于"六郎"的诗集，我只能说违心

话了。

我用"仁者见仁，智者见智"来宽解自己对自己的不满。"六郎"是年轻人，"鼓励后人"四字使我违心得不无底气。何况，总体看来，诗集还是达到了出版水平的。

于是，接下来一切进展顺利且快。

钱在大多数人那儿只不过是钱，在某些人那儿叫"资本"。"资本"出马，事事容易。

仅月余，诗集问世，果然印制精美。

研讨会如期召开，地点选在五星级酒店，参加的人颇多，名士不少。我的朋友的朋友也到场了，还有他们的朋友的朋友，所有人看去都是高高兴兴来站台的。

我问朋友："感受如何？"

他说："好大的一次广告！"

我说："这不是六郎的本意。"

他小声说："我指的是他父母，那儿呢。"

我循朋友的目光看去，见"六郎"的父母应接不暇，笑容可掬，如沐春风。

我终于发现了"六郎"，他孤独地呆坐在

一个角落，只有那女孩陪他坐着。他父母先后用声音找他，他仿佛根本没听到。女孩推他，他也不往起站。

然而研讨会开得很成功。每一位发言者都对"六郎"的诗给予了热情洋溢的肯定，也对他本人在诗创作方面寄予厚望。

我自然也发言了，没谈"六郎"的诗，只讲了怎么与他认识的事，会议气氛由于我的发言而暖意融融。我看出，来宾中除了我及少数几人，大多数人并不知道他进过精神病院。

我也看出，在倾听大家的发言时，"六郎"表现得很正常，时而记，时而对发言者的肯定报以感激又腼腆的微笑。一个精神正常之人，在这样的场合这么一种氛围中，肯定也就表现得这般了。彼时的"六郎"谦虚而又温文尔雅，如好学生聆听导师们的点评。

会间穿插了几次伴乐诗朗诵，由专业乐队和专业人士进行，朗诵的是"六郎"自己的诗作，他预先选定的。

众人次次报以掌声，效果甚佳。

气氛从始至终洋溢着鼓励后人的善意和诗意。

会后是聚餐，人人都给足了面子，没有借故离去者。可用以举办婚礼的大餐厅里，七八桌座无虚席。酒水自然都是高级的，菜肴丰盛而美味。

结束时，我又问我的朋友的朋友："感觉如何？"

不待他开口，他的朋友的朋友从旁接言："就诗的研讨会而言，可谓盛况空前，盛况空前！"

对方已微醉。

我的朋友和他的朋友以及他的朋友的朋友一致附和：

"完全同意！"

"那是那是！"

"印象深刻！"

不经意间，朋友们都聚了过来。

其实我问的是"六郎"的表现。

我因也喝了点儿酒，到家已十点多了，洗

洗倒头便睡。翌晨被手机扰醒，斯时近九点矣。

"惨啦惨啦，想不到会这样，研讨会上'头条'啦！"

我的朋友一说完，就将手机挂了。

我赶紧刷"头条"，见研讨会被抹黑成了"闹剧"。"六郎"进过精神病院的事也被曝光了，精神失常的原因被言之凿凿地说成是由于失恋。跟帖极多，十之八九，以逗讽刺、挖苦、攻讦、辱骂、借题发挥为能事。偶有同情帖，淹没矣！

胡鸿志在网上集合成了胡鸿志们。我心如速冻，全身寒彻。

七

一年后，我去精神病院探视老哥时，忍了几忍没忍住，试探地问："有个叫王任之的青年，据说也在这里住院？"

老哥立刻说："还叫王六郎对吧？爱写诗？"

我说："对。"

老哥说："这孩子有文才，诗写得不错，和我在同一个病区，大家伙都挺尊敬他，是我们病区的模范病友。"

我说："你别叫他王六郎，还是叫他本名好。"

老哥说："他喜欢我们叫他王六郎，对住院也挺适应的。"

在回家的路上，朋友的朋友发来一条短信，说"六郎"的小弟弟过"百日"了，他爸妈为二胎向朋友们征集文化含量高的好名字……

复仇的蚊子

郑娟是好看的女人。

现而今的人们尤其男人们，早已不用"好看"二字赞美女人了。现而今赞美女人的词汇极大地丰富了，并且仍在创新着。但在从前，"好看"二字是民间底层赞美女人时最常说的二个字。"好看"是受端详的意思，是越细看越能发现美点的那么一种模样。除了"好看"，再就是漂亮了。比漂亮还漂亮的话，那就够得上是"大美人儿"了。民间的底层赞美女人，基本上就这么三级标准。

郑娟还达不到是"大美人儿"的级别。

甚至，也离漂亮的标准有点儿差距。

然而，她却的确是个好看的女人。容貌好看，身材苗条，走在路上，回头率蛮高的。当然，指的是县城的路上。三十六岁的郑娟，其实也没离开过县城几次。那南方的县城二十几万人口，是新区开发得挺现代，旧区改造得挺得体，新旧结合得颇自然颇有味道的一个县城。很难说该县城居民们的幸福指数怎样，从没谁调研过，统计过。但他们生活得都比较从容淡定倒是真的，起码表面看起来是那样。郑娟一家三口以前过的也是那么一种从容淡定似的日子——自己经营一处小百货店，丈夫刘启明是名刑警，女儿上小学二年级了。富不起来，却也穷不到哪儿去。

公元二〇一四年七月里的一天早晨，郑娟突然地不再是一个女人了。不但不再是一个女人了，连一个人也不是了。究竟好看不好看的，对她全没了意义。

像许多女人一样，她有醒来后摸一下脸颊的习惯。

她摸了一下自己的脸颊，居然没摸到。

咦——怎么回事儿？

她困惑了。

又摸一下，摸到了——但感觉与以往太不同了。

刚醒嘛，神志处在一种似梦非梦的状态，那种不同没太使她当成回事，只不过有点儿困惑而已。

她那会儿怎么也想不到自己居然变成了一只蚊子—— 一只雌蚊。

这是任何一个人都料想不到的事呀！

在枕头下方一尺左右，在薄薄的线毯的褶皱之间，她伏在宽大的双人床上。丈夫死后的一年多里，她度过了近四百个独眠之夜。夫妻间感情一向挺黏，独眠不是她所习惯的。一场车祸不但使她失去了丈夫，而且使她失去了女儿。多少个夜晚她的泪水弄湿了枕巾，仇恨在心里发芽！

但她现在变成了一只雌蚊。

她还没睁开一下眼睛。

她想仰躺着，仍闭着双眼缓一缓噩梦连连之后的迷糊劲儿——却没能仰躺成功。

一只活的蚊子，不论雌雄，是一生也不"仰躺"一次的。除非被冻僵了。或者，快被蚊香熏死了。

我怎么动不了啦？

她又困惑了，但还是没有睁开眼睛。

她想摸出枕下的手表看看几点了，那同样也没成功。当时的情况其实是——作为一个人的意识和变成了一只蚊子的神经反应系统之间，还没有达到最初的通畅。也就是说，她作为一个人的意识是一回事，而作为一只蚊子的反应完全是另一回事。她终于睁开了眼睛，然而除了光亮她什么都没看见。蚊子虽也有眼，但视力是很差的。蚊子是靠对气味的敏感来决定行动的，而且几乎只在需要吸血的时候才有所行动。那时的她也就是那只雌蚊，并不饥渴，所以也就没有行动的欲望。像所有那种情况下的蚊子一样，"她"一动不动地自以为安全地伏着，如同老人在养神，如同婴儿浅睡。实际上，作为一只蚊子，"她"的生命标准是成熟的，经历却是一张白纸。一个三十六岁的身高一米六八体重一百一十七斤的女人的一切微缩成了一只蚊子，"她"的第一感觉当然会是以为自己根本不存在了，也当然会是找不着北的。

那种仿佛自己根本不存在了的感觉，不仅使"她"极为困惑，而且使"她"极为惊骇了。

怎么，难道我死了吗？

是的，"她"以为自己已经死了，只剩灵魂飘浮在空间了。而关于灵魂呢，"她"此前是宁信其有，不信其无的。并且，"她"的理解告诉"她"——灵魂是一种可脱离肉体存在的意识，却又不会一直存在下去。能存在多久，因人而异，因人怎么个死法而异。

"她"因为自己已经死了而哭泣起来。那是绝望与恐惧相混杂的哭泣。"她"太不甘心已死了！害死丈夫和女儿的一干人等还逍遥于法外，丈夫和女儿之死的真相还没大白于天下，"她"还有报仇雪恨的使命在身，怎么可以就这么不明不白地死了呢？！即使使命完成了，"她"也还是愿意活着不愿意死。

伏在薄线毯褶皱间的那只蚊子微微动了几动，由于"她"的哭泣。

一年多以前，她的丈夫刘启明活着的时候，有一个时期心事重重，经常紧锁愁眉地发呆，显出心理压力巨大的样子。在她再三的追问下，有天晚上，一番做爱之后，丈夫主动向她倾吐了心中的郁结——他在参与侦破一起受贿金额巨大的干部腐败案的过程中，逐渐明白了连他们公安局的某几位头头脑脑都涉罪于案了。而在他们背后，腐败案的始作俑者竟是县里的几位领导。郑娟听罢，一点儿都没往心里去，她说老公你至于在家里唉声叹气愁眉不展的嘛！你在办案组不过是个小角色，装傻就是了呗。他们腐败他们的，咱们过咱们的小日子，跟咱们可有什么实际的关系呢？他们就是腐败得再不像话，不是也没将咱们的一分钱给贪了去吗？丈夫说那倒是，还发给了我一万多元的办案辛苦费呢！郑娟就笑了，说那你应该高兴才是嘛！丈夫说我怎么能高兴得起来呢，那明摆着是封口费嘛，我收还是不收呢？十八大以后，反腐反得多来劲啊，又打老虎又拍苍蝇的，我如果收了，万一办案组没替当官的抹平，哪一天露馅了，我不也成了一根线上的小蚂蚱了吗？那也肯定是要判刑的呀！如果我银铛入狱了，你跟女儿往后的小日子可怎么往下过呢？

　　郑娟她一向是这么一个女人——事不关己，从来只当耳旁风的。各色人等对腐败现象的街谈巷议、义愤填膺，决不会影响她一门心思过好自己小日子的心思。她能熟练地用电脑，但对网上真真假假的关于腐败的新闻丝毫也不感兴趣。她只在网上买东西或为小超市订货，或看看关于明星名人们的绯闻八卦解解闷儿。丈夫刘启明却与她截然相反——他特关注社会时事，尤其关注腐败现象与反腐新闻以及社会治安报道。没得什么那类新闻值得关注的时候才看各类体育赛事。往往，丈夫手握遥控器，锁定一个正报道反腐新闻的频道边看边大发忧国忧民之义愤，陪着的她却已手握花生或瓜子打起盹来。

那一天，与丈夫交谈了几句之后，对于丈夫倍感烦恼的事起先本不怎么走心的郑娟，也不由得有几分重视了。

她不解地问："现在既然反腐势头来得这么迅猛，他们怎么还敢顶风上呢？吃了熊心豹胆了？"

丈夫说："吃了熊心豹胆也不敢顶风上啊！是十八大以前的腐败。以前已经将腐败的事做下了，贪污受贿的钱已经入了自己账号了，忽有人举报了，上边下了批文要求从速查清，他们除了想方设法地掩盖真相，再也没有什么好的自保的计策可应对的了呀！"

她追问："你不收那笔封口费，你们办案组上上下下的人对你就没不好的看法？"

丈夫叹道："已经有了啊。"

她想了想，为丈夫出了个主意，教丈夫怎

么样怎么样装病，然后要求退出专案组。

丈夫说自己虽然不曾在单位装病，却已经以别的借口为理由要求退出办案组了，只不过还没批准。但一场大冲突已发生了——两天前他发现自己的抽屉、柜子被人翻过。

"你的钥匙被偷了？"郑娟不免有点儿吃惊。

"在我们这行里，干那种事儿还用偷钥匙？"

丈夫苦笑，说他开骂了，结果和一名同事打起来了。说柜子里的记事本不见了，而记事本上，写着诸条自己对于案情真相的怀疑。

郑娟劝道，那你也不必有心理压力嘛！有心理压力的应该是他们，绝不应该是你啊老公！又说如果他们敢做什么对你不利的事，那我支持你干脆向上边举报他们！你在单位虽然是普普通通的小角色，但如果受欺负了咱才不忍。这年头，谁怕谁啊！何况你还掌握着完全可以整倒他们一大片的材料！

丈夫就又叹气，说真是她说的那样当然

就可以藐视他们，谁也不怕。可自己实际上并不掌握什么证据确凿的材料，只不过心存疑点而已。疑点毕竟不是事实，所以还不能轻易举报——如果一旦举报，而最终被证明只不过是自己的疑心，根本不是事实，岂不是自取其辱，在同事之间落下笑柄了吗？

郑娟说那又有什么可怕的呢？反腐是每一个公民的权利，更是公民对社会的责任。即使举报错了，那也没什么可笑的。谁取笑你，是谁自己不对。

丈夫说虽然理是那么个理，搁在一般老百姓身上，没什么大不了的后果。但自己不是一般老百姓啊，自己是公安人员呀。身为公安人员，自己应该清楚举报要有事实根据呀。否则，别人指责你居心不良，企图诬陷，就跳进黄河也洗不清了。身为公安人员，最忌讳的就是有了这一污点，那还能继续穿着警服在公安这一行里工作下去吗？

她说那也不能算是污点。

丈夫说对于公安人员，不是污点也是污

点啊……

　　两口子交谈到这儿，郑娟不知再说什么好了。

　　上床后，郑娟使出她女人的浑身解数，尽显妩媚，故作娇羞，主动投怀送抱，给予种种柔情温爱，一心想要与丈夫云雨，用性趣驱除丈夫的烦恼。而丈夫却因思虑重重，无法同时进入状态，始终疲软，令郑娟好生索然、郁闷而又无奈。

　　隔日是周六，丈夫说要驾车带女儿去郊区散散心。郑娟因为小超市进货了，脱不开身，便没同去。半个多小时后，噩耗传来，丈夫和女儿都亡于一场交通事故，死状极惨。所幸她没同去，若也在自家车上，估计连她也做了横死之鬼了。

　　那不能算是因公殉职的。追悼会开得匆匆草草，象征性的悼词也只不过寥寥数语，最该参加追悼会的同事、领导借故并没参加，参加者都不情愿似的一鞠过躬就走了。

　　郑娟大病一场，之后开始走法律程序，要

求对方司机经济赔偿。在这个时期，她也不由得起了疑心。顺着疑点明察暗访，疑心越来越大——对方司机竟是本县一位副县长的远亲，而那位副县长也是丈夫生前所怀疑的腐败干部之一！法院判的不能说不公正，赔偿数额也算说得过去。但她却只不过收到了一份判决书及区区三万多元钱，再就一笔钱也要不到了。法院的答复是对方确实无力全额偿还了，她说经过她的暗中走访，了解到对方还是一处品质良好的大理石矿的老板呢，而且开的是奔驰。又开奔驰又是矿业老板的人，能说没有偿还能力吗？为什么不强制执行呢？钱是根本抹不掉她的伤痛的，那怎么能呢？但如果连赔偿都获得不到，丈夫和女儿岂不是白死了吗？两条人命啊。一个好端端的幸福的小家庭被毁了啊！法官则耐心开导她，劝她切莫钻牛角尖，凡事不能想当然。法官说法院方面也明察暗访了呀，说法院了解的情况乃是——大理石矿的开采权销售权并不属于被告嘛，被告只不过是名义上的法人，只开一份并不太高的工资，法院是要严格依法办事的，那不违法。但法院如果封矿上的账，没收不属于被告而实际上属于别人的矿业收入，那可就是执法犯法了。至于那辆奔驰车，当然也不是被告的，而是真正的矿主的。

她问那真正的矿主是何许人呢？

法官说这可不便相告，因为这属于非当事者的第三方的隐私。相告了，就等于身为法官，侵犯了非当事者的第三方的隐私了。

法官还极同情极遗憾地说："你丈夫和你女儿，如果上了意外人身伤害险种就好了。你也要节哀顺变，再不幸的事，摊上了又有什么法子呢？死者不能复生，活着的人还要一如既往地活下去啊！"

她含悲忍气地问："请您告诉我，我怎么就能一如既往地活下去呢？"

那位比她大十来岁的男法官略微一愣，随即打着哈哈敷衍道："问得好、问得好，是啊、是啊，我理解你目前的心情，特别理解。再回到以前的生活轨道上是不太可能了。但是呢，任何不幸，只能摧垮我们的一部分人生，却不能摧垮全部。比如，我们渴了还是得喝水的，饿了还是得吃饭的，困了还是得睡觉的，这些人生的基本方面，还是得一如既往地进行下去，除非……我说还要一如既往地活下去，指的主要是以上方面。我说得对不对啊？是对的吧？……"

法官一番话，说得她半晌哑口无言。她目不转睛地望着他，觉得他真是太能说会道了，同时想到了"行尸走肉"四个字。

法官又说："你作为原告，不必太性急。人家被告不是没说再不赔偿了嘛！人家一再表示，赔还是会如数赔偿的。不过呢，要给人家时间。五年赔偿不完，十年还赔偿不完吗？十年赔偿不完，十五年二十年还赔偿不完吗？总而言之，人家并不想要赖。我们法院的判决，也是到任何时候都有效的……"

法官的话彻底激怒了她。尤其对方口中一而再、再而三说出的"人家"二字，如同往她心中的怒火上浇油。

她瞪着对方骂了一句很难听的话，一句有

语言自尊感的女人即使在极其生气的情况之下也羞于骂出口的那么一句话。而她一向是一个有语言自尊感的女人，这受益于她曾是一所师范学院的学生，更受益于她有当过三年小学教师的经历。她活到三十六岁，口中真的就没说出过几次脏字。自从当了母亲以后，一次也没说过。那日，那时，瞪着那位法官，她惯于以秽语骂街的泼妇似的骂出了口。

对方又愣了愣，眨眨眼，修养极高地矜持一笑。那时对方的双手捧持着一夹子案宗，一笑后，将夹子夹在腋下了。于是她看到，对方的另一只手还拿着手机。

那法官抱歉似的说："我将咱俩的话从头到尾录下来了，这是我的工作习惯。我认为对于法官，这是个好习惯。"

他一说完就转身扬长而去。

而她站在原地呆若木鸡。

以后她就见不到那位法官了。

但是她想要解决自己的问题，非得再见到那位法官不可啊。只得四处找关系求人。现而今，求人只用嘴是不行的。得送礼，她送了。现而今求人只送市面上常见的种种食品特产保健品之类的也是不行的，那些东西作为平常联络感情的礼品还勉强送得出手，真求人办事时，往往会被视为垃圾礼品的。她还算是个谙知世风与时俱进的人，自然除礼品之外也给了一笔封在红纸袋里的钱。三十六岁而又风情正茂的女人求人，就得允许所求之人对自己的轻佻行为，不管情愿不情愿，那是都要装出愉快的样子的。否则就是太不懂事了。这点儿"事"她是懂的，只得"愉快"地允许对方趁机占尽肌肤便宜。

她终于又见到了那位法官，前提是她得当面向"人家"认错。

她当面认错了。

法官就又将上次对她说过的话几乎原汁原味地重说了一遍，像上次一样，一而再、再而三地强调"人家被告"其实并非想怎样怎样，只不过希望怎样怎样。总之，听来仿佛是这么一种意思——"人家被告"其实挺懂事的，也挺愿意服从法院的判决，只不过限于能力有限……所以她应理解，也应懂事。

那次法官的双手什么也没拿。

那次她又想骂那一句不堪入耳的脏话来着。

却没敢再骂，怕法官兜里揣着手机，而手机开着录音功能。

她颇费周章却一无所获地与法官又见上了那么一面。

不久以后的事更令她难以接受了——被告因患过肺结核病，服刑期间查出痰中有结核病菌，被保释监外治疗，没几天便回家养着了。

于是郑娟开始了迫不得已的书信上告"战役"。

为了一封封信能使县里的领导们以及管着他们的地级市的领导们确实收到并作出重视的批示，她又开始求人。真心同情她的人劝她何必那么花钱送礼大费周章地求人，说不那样各级领导也是可以收到她的信的，起码有些领导能收到她寄出的部分信。但那时她已听不进劝了。她的经验使她认为，劝她的人都未免太天真了，尽管她相信他们的同情是由衷的——但她不仅希望那些领导们能确实收到她寄出的信，更希望他们作出重视的批示啊！要达到后一种目的，不借力怎么行呢？

她送礼送得越发实在了。

给钱给得越发大方了。

被形形色色保证能帮上她忙的男人们占肌肤便宜时，样子装得越发地乐意了。

然而礼白送了，钱白花了，也白被形形色色的男人们一番番大占便宜了，就差没跟他们上床了。

也许正因为就差没跟他们上床了，她的信皆如泥牛入海，没了下文。他们中的一个是律师，五十来岁，矮而壮，半秃顶，如果不是西装革履的，就怎么看怎么不像是律师了。然而收了介绍费的人言之凿凿他千真万确是律师。不但是，还是县城里鼎鼎大名的律师。她以前从没跟律师那一行的人打过交道，根本不了解律师中谁有名谁又只不过初出茅庐，便信了介绍人的话。何况，她也相信人不可貌相。

律师在电话里说："郑娟啊，你的事啊，就隔着那么一层薄薄的窗户纸，你就不明白究竟该怎么办。只要有人愿为你捅破窗户纸，指点迷津，你的事办起来就没什么大难度了。"

言下之意，他就是那个愿为她捅破那层薄薄的窗户纸进而指点迷津的人，她的"贵人"。

她就说了些拜托、感激不尽的话。

对方说："看在你苦苦相求的份儿上，那我就帮帮你吧，哪天我先为你捅破窗户纸。不过呢，咨询费你还是要付的。我是律师事务所的合伙律师，我白接受你的咨询，所里别人会说闲话，会有意见的，明白？"

她连说："明白，明白。"

她也正想核实一下介绍人的话，第二天就去对方指定的律师事务所交了三千多元的咨询费。那律师事务所的办公环境挺上档次，没见到那位律师本人，接待员说他参加开庭去了。

她有心套话，随口而言似的问："他一向很忙是不是啊？"

接待员说："是呀是呀，如今官司多，我们所的律师都很忙。何况他是我们的名牌律师，更比别人忙了。"

离开律师事务所后她暗自庆幸自己找到的是一位名牌律师，并且因此对介绍人心存感激，也就不像点钱时那么心疼那三千多元，转而认为花得值了。

隔几天，她收到了那律师的短信，说她的事太敏感，不便在所里与她谈。

她回短信建议了一处地方。

对方说那地方人多眼杂，更不便了。

她又建议了一处地方，对方说那地方太幽静了，是个口碑不良的地方。

"怎么，你不知道吗？那里是有那种关系的男人女人经常出没的地方，是出绯闻和丑闻的地方，我是从不去那种地方的。"

看他短信的意思，仿佛受了侮辱。

"那，还是您说个地方吧。您说哪儿，我去哪儿。"

她表态唯恐不及。

于是他接连不断地向她的手机发过去一条条短信。前一条刚确定一处地方，后一条随至，指出种种言之有理的顾虑予以自我否定。起码，在她看来那些顾虑是言之有理的。如是者三四，似乎整个县城就没有一处适合他与她坐下来安安静静地谈事的地方了。别说他有那种感觉了，连她自己也有啊。她摊上的案子不但一度是县城里的重大案件，成为头条新闻，还引起过广泛的街谈巷议。后来不论她出现在哪里，总像有几双眼睛在暗中监视着她，即使走在路上也每每有那种感觉。

她干脆拨通了他的手机，试探地问："那劳驾您到我家里来谈行吗？"

"到你家里不太合适吧，我可是从不到当事人家里谈业务的。"

他的话听来不怎么情愿。

"我家现在就我一个人了，绝不会有人来打扰。再说我家住的小区挺偏僻，新小区，入住率也不高，你不太可能碰到认识你的人。"

她已经在说服他了。

她太渴望见到他这位能替她捅破那一层薄薄的窗户纸，并且当面指点迷津的人了啊。

"那……也只有如此了，你将详细住址发过来吧。"

他总算勉强同意了。

他出现在她家里那天，她预先将屋子收拾得干干净净，沏好了茶，备好了烟。当听到他的敲门声时，她觉得如同上帝按时站在门外了。丈夫刘启明虽然是穿公安服的人，但也是一个偷偷信仰耶稣的基督徒，还信得蛮虔诚，所以她每每觉得上帝离她也怪近的。

他吸着好烟，饮着好茶，称赞着她家这里那里的舒适和干净整洁，穿插着重复地说同一段预先背过似的话："你摊上的事，我是发自内心地同情的。想必你也清楚，许多人不愿听你说你丈夫那件事，更不敢和你谈那件事。本县公检法以及我们律师，尤其不敢沾那件事。你是聪明的女人，不必我说出原因想必你心里那也是有数的。我这样的男人如今不多了，我不敢说自己是个见义勇为的男人，但起码敢当你面说，出于同情，我来见你那是无私无畏的。你的事吧，隔着层窗户纸看就很复杂，捅破了那层窗户纸看，其实解决起来也比较顺利……你家窗台那几盆花养得真好，我也喜欢养花，看到别人家里有花，我心情就愉快，对主人就有一种情不自禁的亲近感……"

他的话重复过来重复过去的，就是不捅破他所言的那一层薄薄的窗户纸。有时看似真知灼见已到唇边了，却话题一转，又称赞起她家的舒适和干净来。

终于，她从他看着她时的目光中明白了原因，进而心中有数了。此前她已为了她的事，两次向同一个男人奉献身体了。那男人比这律师年轻，才比她大两岁，比她丈夫刘启明还小一岁哪。他自称县公安局政委是他表姐夫，有他表姐夫这层关系，他与县法院的头头们关系也走得挺近，而靠以上关系，他觉得自己能帮上她的忙——起先那起交通事故不是交管局作出的结论吗？他自信能替她要求县公安局引起重视，介入重新进行调查。如果得出的结论不再是事故，而是蓄意谋害，那法院不是就得重审重判了吗？她的目的不是也就达到了吗？

他是一家房地产公司老板的助理，挺斯文的一个男人。她不是经人介绍而认识他的。是他毛遂自荐主动认识她的。他也很坦率，说此前她虽不认识，她却早已是他的梦中情人了。自从他有次在她的小超市买过饮料，以后就常去她的小超市了，买东西是自己给自己找的借口，其实是为了再见到她，再从她手里接过诸样东西。

"你回想一下，我是不是常到你的小超市去？如果你不在，我会转身就走。只有你在的时候我才买，买完这样买那样的，每次都买一大袋子，每次你也都笑着说'欢迎下次再来'，想起来了吧？"

她回忆了一下，想起来了，以前确实在自己的小超市里见过他几次。

于是她凄苦地笑了笑。

"我承认我心里确实对你有非分之想，否则我也不会主动来。但是，我的希望是纯洁的，是不能与我的非分之想画等号的……你明白我的意思？"

她点点头，表示明白。

他说那几句话时，夹烟的手指抖抖的，吸烟的双唇也抖抖的。他像不速之客一样迈进了她的家门，双手递名片时就发抖。坐下后双腿也没停止过颤抖。总之他一直处在心理因不安而紧张的状态，显然一直提心吊胆的，分明是怕她先火起来骂他个狗血喷头。

而她那一个时期对自己的要求却是——只要表示愿意帮助她的人，不管其表示是真是假，自己都应一律地回报以感激，包括假的感激。她觉得自己太孤立无援了，太需要帮助了，连空头支票那种帮助也需要。对于渴极了的人，眼药水儿也是水。

她以女人研究水果摊上的水果是否打过蜡的那一种目光看着他，语调尽量平静地问："你主动找上门来，表示愿意帮助我，其实主要是因为你想趁机和我发生性关系，我这样理解对吗？"

话一说完，连她自己都吃惊自己问话的方式未免太过于单刀直入了。然而她一点儿都没脸红，已是结过婚有过孩子的女人了，对于男人们打算和他们相中的女人发生婚外关系的想法，她早就了如指掌不觉可耻了。只不过她一向善于把持自己，从没背着丈夫与别的男人劈开过大腿。

他倒吃惊起来，呆瞪着她一时说不出话，仿佛被她几下就剥光了衣服。

她又问：“你和你老婆关系好吗？”

他却脸红了，自卑地说：“我俩……我俩三年前……离了……”

“把烟掐了吧。”

她说着站了起来。

他的手更加发抖了，笨拙地摁了几次才将吸剩小半截的烟彻底摁灭在烟灰缸里，还弄脏了手和茶几。

“你站起来。”

他站起来了，掏出手绢擦手指，抚茶几，同时低声下气地说：“我……我是真的愿意帮助你，真的……"

"这我看出来了，什么都别说了。"

她拉着他一只手，倒退着将他引入了卧室。

当两人做完那种事，他离开床穿衣服时，她赤身裸体仰躺着，只用枕巾盖着小腹预防着凉。她目光竟挺温柔地望着他，有种久违了的心满意足的感觉。那时她忽然明白，自己需要的不仅仅是心理上的真真假假、真假难辨的同情和帮助的许诺，并且也直接需要生理的慰藉。一年多未行房事，对于她绝非习以为常。恰恰相反，有时候她想得厉害。丈夫活着的时候，两口子三天两头就变着花样做一番。丈夫每服"伟哥"什么的，而床边这个以前根本不认识的男人的持久善战靠的却是实力。她对丈夫那种药物作用之下的来劲是有切身感受的，而床边这个男人可不是银样镴枪头。

他穿好衣服，恋恋不舍地望着她，忽然想到似的说："差点儿把正事给忘了，我打算如何帮助你的几个步骤，咱俩应该商议一下是吧？"

而她说："不必了。谢了。我心领了。"

她对他将怎样实施帮助反倒漠然处之了。不是根本不在乎了，而是从他在床上如饥似渴的表现看出来了，他夸大了他在那些当官的男人们之间的能量。她丈夫生前曾对她说过，男人们的能量基本上是同等的，在别的方面太强了，在床上就不怎么行了。反过来也是一样的。她比较相信丈夫的话是有道理的。因为自从丈夫也对自己在单位的晋升与否牢骚满腹了，做爱前往往就偷偷服"伟哥"之类的了。

他说："那，我可以走了？"

她说："当然。"

他说："我自己想怎么帮你就怎么帮你？"

她说："随便。帮得上就帮，帮不上也别觉得内疚。"

她说完闭上了眼睛。他将房门关得很轻，尽管轻，还是不可避免地发出了响声，听到后，几乎同时，她眼角淌下泪来。

不久她却反过来约见了他一次，也是在家里。她求一个最好的女友引见她认识一位县人大代表，对方称得上是她的闺蜜，县人大代表是对方的哥哥的高中同学，关系非比一般的高中同学。可对方找了一个显然是借口的借口拒绝，同样显然地，是要以那样的借口使她明白，请她以后不要再视对方为闺蜜了。那件事使她感到自己是孤立到众叛亲离的地步了，也使她感到"洪桐县里无好人"了——虽然她所在的县城并非洪桐县。

就是又受到了那一次心理挫折后，她不由自主地约见了他一次。

他一进门就说："我发誓，绝不是我虚情假意地骗你，我是真心真意实心实意想帮你的，可没想到他们一听都摇头，劝我别管闲事，还指出了你的一些不是，太有难度了，太有难度了，我太对不起你了……"

她用一根手指压住了他的双唇，随之默默拉着他一只手，像上次那样倒退着将他牵入卧室里去了……

而眼前这位县城里的大牌律师，却是一个仅仅论样子也引不起她一点儿好感的男人。女人和男人在习惯于以貌取人这一点上没什么本质区别。也不是习惯或不习惯的问题，其实直接就是人性的固有倾向，这种倾向在看待异性时决定着相当普遍的好恶。情况每每是这样，明明一个女人在花言巧语着，但只要她的模样是一个男人所喜欢的，那么大多数的男人也会听得特享受，没被好看的女人骗惨过的男人尤其如此。他们会一边听着她们的花言巧语一边在心里这么想：谁叫我喜欢你这样的女人呢，所以你的花言巧语也令我听了高兴。正如海涅的诗句所言："虽然我明知你一点儿都不爱我，但你的香吻同样使我如醉如痴！"反过来，女人的眼看待男人时也是如此。

那律师的样子引不起她一点儿好感是含蓄的说法，干脆的说法应该是——他的样子属于她很反感的那一类男人。而他居然穿得西装革履的，还往衣服上喷了香水儿，这就使她更加反感了。是的，如果他不是那样的一个男人，那么他车轱辘话绕过来绕过去的，她还会有更大的耐心坚持着听下去。你再绕，那也总有自己把自己绕累了的时候吧？但面对的是他那么一个男人，她实在坚持不下去了。

她强忍着，没因发作而失态。

她告诫自己：不能生气，千万不能生气。郑娟，你必须听他向你捅破那一层薄薄的窗户纸啊，否则你肯在自己家里见他又是何苦来的？再说，如果你发作了，先不论失态不失态，他过后四处贬损你，你还能指望仍会有人肯于帮助你吗？连关系那么好的女友对你的事都怕惹上什么麻烦避之唯恐不及了，何况别人啊！你为了认识他花了三四千元钱呀！只要他今天能向你捅破那一层薄薄的窗户纸，向你指点迷津，那你那三四千元钱就不算白花不是？

"你的事至今也没个令你满意的结果，归根到底是因为你虽然求了那么多人，但却求到的都不是高人。高人是什么人呢？是那种一句话往那儿一搁，相求的人就如同醍醐灌顶，立刻茅塞顿开的人。捅破一层薄薄的窗户纸，说来轻巧，那也得有那高水平……"

她已经开始反胃了，再听下去有可能就呕吐起来了。

"对不起，失陪一会儿。"

她不看他，说完即起身进入卧室了。

几分钟后，律师大声问："哎，你还谈不谈啊？我的时间可是宝贵的！"

卧室传出她如笼头余流般的声音："进来谈吧。"

他也正中下怀地进入卧室了，见她已直躺于床，一丝不挂。

然而他差不多是白忙活了半天，忙了一头汗却并没忙出几许快活来，更谈不上快感了。而她的身子却一直凉冷冷的，连体温都没因他心有不甘的白忙活而升高一点点。

当他沮丧地站在床边穿衣服时，她依然以那种平静极了的语调问："现在该捅破那层薄薄的窗户纸了吧？"

他说："什么窗户纸？……啊，对、对，是啊，是啊，是该捅破了。它是这么回事，你吧，你是不可以两种要求同时提出的。导致你丈夫和你女儿死亡的究竟是一场交通事故还是一场蓄意谋害，这是一个问题。要求法院强制执行经济赔偿，这是另一个问题。希望两个问题一块儿解决，太复杂了。所以要分开，只先解决一个问题。后一个问题相对单纯些，所以应先……"

不必他醍醐灌顶，她已经明智地先易后难地进行了，他的高人之高见对于她连是一个好建议的价值都没有。

她平静地说："滚。"

说完便闭上了眼睛。

房门响过后，这一次她眼角连眼泪也没淌。头脑里一片空白，像活死人似的。

她最后一个求到的还是一个男人。一个快七十岁的老男人，县里一位退休老干部，曾当过政协副主席。她和他之间并没发生肉体关系。他腿不好，离开了轮椅站不住多一会儿的。见面地点在他家，他老伴进进出出的使他想怎么样也不敢轻举妄动，只能趁他老伴不在眼前时亲亲她的手，拍拍她的腿——当时她穿的是裙子。

"乱支招！瞎支招！愚蠢之见！还是得要

求公安部门将你丈夫和你女儿的死因先搞清楚。作为亲人，你既然心存疑点，那就有正当的权利要求公安机关介入侦查！这是你的公民权利。打蛇要打在七寸上。第一个问题解决了，真相大白了，第二个问题不就迎刃而解了吗？对吧，郑娟？……你的腿可真白……"

后来她就不再没头苍蝇似的四处求助于那些男人了。求助于他们的一番番屈辱的经历使她明白——世界是男人的，也是女人的，归根结底是男人的，因为绝大部分权力由男人们掌控着。女人如果要求助于男人们了，不跟他们来潜规则是很难求助成功的。即使来潜规则那也未必就能顺利地求助成功。因为女人求助于男人而又进入了潜规则的过程，即使将自己的身子搭上了，那也往往会被认为是自愿因而是自作自受的事，难以启齿对他人道的。

于是她开始了上访这最后的决定。

对于上访，她是很不情愿的。那一年对上访者们管制得极为严格，种种耳闻使她畏如险途。只剩那么一条路还没走，也就只有知难而往了。起先去往的是省城，在省城她的境遇还不太糟，接待部门的人士承诺会有批示，但实际结果是有批示还莫如根本没有批示，回到县城不久她便发觉自己被严密监控了，连她所经营的小超市周围也经常可见形迹诡秘的男女了。她明白那几个男女是执行有关方面的任务对她的小超市实行"蹲点"的。顾客日渐减少，生意从没有过地冷清了。那一个月的利润结算下来还不够付店面租金的，她干脆将小超市关了。

她横下一条心要上访到北京去了，她孤注一掷破釜沉舟。几次在列车站被拦截住，押回到家里，予以严词警告："你的做法是破坏社会和谐稳定的行为！"

然而她总是能避过监视的目光又出现在列车站，却也总是会又一次被拦截住。最后一次，她被押到了一个"有利于"她"好好反省自己的偏执"的地方。那是一处废弃的农村小学，一间教室成为她的"感化室"，几个男女住在另两间教室里。他们住的教室有纱窗，床顶也挂着蚊帐。她住的教室没有纱窗，也没蚊帐。他们也不分给她蚊香，怕她弄出火灾来。正是盛夏农村蚊子既多又猖獗的季节，被"感化"的十几天里，不论白天还是晚上，她几乎就等于是一个被别人成心喂给蚊子的女人了。

在那些想一死了之都死不成的日子里，她无数次祈祷："上帝呀，如果你真的是存在的，恳求你把我郑娟变成一只蚊子吧！我希望把我变成一只隐形的、蜻蜓王那么大的，飞的时候半点儿声音都不发出的大蚊子！仁慈的上帝呀，郑娟无怨无悔地哀求你了！……"

那时，这女人心里充满了憎恨。

她一向是善良的，本分的，视一概之报复行为是罪过的女人。变成一只大蚊子来实行报复，是她那时能想得到的最狠毒的报复方式……

此刻，她真的变成了一只蜻蜓王那么大的、隐形的雌蚊。但她还不清楚自己所变成的是一只多么奇异的雌蚊——除了蚊子，另外什么有眼睛的东西都看不到她。她自己却能看到自己，比如她飞到镜前的时候，飞近水面也能看到自己的影像。蚊子的视力是很差的，她这只巨大的蚊子却有一双蜻蜓才有的那种复眼，视力比蜻蜓还强。更为奇异的是，她根本不必与雄蚊交配就能够生小蚊子。是的，是能直接生出小蚊子，就像有的鱼能直接生出小鱼那样。只要她在白天既吸过男人的血也吸过女人的血，那么男女两种人血在她体内就可以"自动"合成一只只小蚊子。它们没出生时像微小的鱼子，一离开她这母体就变成了蚊子。她每晚可生下一千几百只小蚊子，而它们见风就长，隔夜就是能叮人也能交配的成年蚊子了。而且她所生出的蚊子寿命比较长。一般蚊子最多活半个月，她的"孩子"们可以"猫冬"活上两三年。

是的是的，她当时还不清楚自己变成了一只多么大，能量多么强的蚊子。

"我究竟怎么了？病了还是死了？……"

这种恐惧的本能一产生，她便无声地飞到了穿衣镜前。确切地说，那是两种本能使然的行动——女人的本能和蚊子的本能。女人的本能使她想照镜子，蚊子的本能使她立刻朝镜子飞过去。女人的本能支配蚊子的本能。于是她立刻出现在镜前了。她想照镜子的本能极为迫切，几乎使她一头撞在镜上。却并没撞在镜上，因为蚊子的反应不会使那么可笑的结果发生。对于一只蚊子，居然一头撞在镜上或其他什么物体上，岂不太可笑了吗？

于是她看到了自己—— 一只蜻蜓王那么大的蚊子悬在镜前，蜂鸟般快速地扇动翅膀。虽然不能像直升机似的定位于空中，但基本可以保持水平状态。

"这是什么鬼东西？是我变成的吗？"

那一对半圆的花瓣玻璃球似的复眼，起初使她以为自己变成的是蜻蜓，但立刻又看出，那根本不是一只蜻蜓，而是一只堪称巨大的蚊子——蜻蜓的嘴和蚊子的嘴区别是明显的。

"噢，上帝上帝，我究竟做了什么罪过之事你要这样惩罚我？不但将我变成了一只蚊子，还将我变成了一只不伦不类的大蚊子！你将我变成了这么大的一只蚊子，不是要使我一飞离自己的家就会被发现吗？那么不论大人孩子，谁会不以将我消灭掉为快事呢？……"

她这么一想就号啕大哭起来。那只不过是一个女人的意识部分在哭，无声，也无泪，没有任何相关的脏器反应。作为一个女人，整个的她也只剩下了意识，其他一切的一切，全都微缩成了一只蚊子并改变生理结构存在于一只蚊子体内了。尽管相对于蚊子，那可不能说是一只微缩的而简直是一只巨大的蚊子。

但是她的意识一号啕大哭，对于她变成了蚊子的身体还是会发生一些间接的影响，她的蚊子的身体难以水平地悬在镜前了，翅膀扇动的频率不协调了，这使她蚊子的身体忽悠一下坠了一尺左右的高度，紧接着以一种高超的飞行技巧飞开了——那也是蚊子的本能反应。具有女人的和蚊子的两种本能的这一只超大的蚊子，它的奇异之处也在于，当女人的本能将会导致不好的结果时，蚊子的本能会反应迅速地化险为夷，反过来也是如此。

于是她又降落在床上自己刚刚"趴"过的

地方。

"我要复仇，我要复仇！我要实行私刑性的惩罚！"

这种强烈的想法一经产生于她的意识之中，压倒了恐惧，并且使她不再抱怨上帝也不再哭了，因为她忆起了自己曾那么多次地祈祷上帝使她变成一只蚊子。

"噢，上帝，原来你是真的存在的！那么你就应该允许我采取报复行动，否则你就枉为上帝了！……"

随着她这么一想，她作为女人而唯一存在的那一部分也就是她的意识里顿时充满了复仇的能量和强烈的行动念头。那时刻，蜻蜓王般的大蚊子完全听命于一个原本很善良的女人"怒火熊熊"的意识了。

于是她一下子又飞起来了。先是朝窗子飞去，有玻璃挡着，自然没法飞出去。一扇窗开着，也有夏初刚换的新纱窗挡着，那么大只的蚊子，根本不可能从纱窗的网眼钻出。

"到卫生间去！到卫生间去！"

　　女人的意识果断又明确地下达了行动指示，于是大蚊子从窗前掉头飞入卫生间了。她每次洗完澡之后都习惯于敞开着卫生间的门，为的是使潮气容易散出，卫生间干得快些。卫生间的窗是半开着的，南方人家差不多都那样。为了防止蚊子飞入，往往在窗台上放一种小布袋，里边塞满气味像樟脑丸一样的驱蚊药。蚊子对那种气味特敏感，不敢冒险接近。

　　"噢，也不能从小风窗飞出去！"

　　她正这么提醒自己这只蚊子，却发觉自己已经在外边了。作为蚊子的她丝毫也没嗅到那种气味。或者反过来说，那种气味以及其他一切蚊香、驱蚊剂、熏蚊草之类的气味，对于她这一只大蚊子是丝毫也不起作用的。她在庆幸自己的无恙之后，居然冒险地飞近了小布包，想要搞明白它对自己为什么竟无伤害？没有伤害就是没有伤害。她甚至在小布包上伏了一会儿，丝毫也未感到任何不适。

　　"哈，哈，想不到我变成的是这样一只蚊子，上帝啊，您老人家太心疼我了，教我如何能不信仰您呢？……"

　　在她的意识之想象中，上帝以一位慈祥老者的形象出现，酷似罗中立的油画《父亲》——她曾在电视美术频道见过那一幅油画，留下了很深的印象。《父亲》很像她早已故去的同是农民的父亲。她很爱父亲，父亲也很爱她，父女感情深焉。只不过，她想象中的上帝并不扎白毛巾，而是一头凌乱的白发，这一点又有几分像晚年的莫扎特。郑娟可不是一个除了挣钱再就只习惯于嗑着瓜子打麻将，或蜷在沙发上一集接一集兴趣盎然地看垃圾电视剧的女人。不，不是那样的。实际上她是一个喜欢看书的女人。以前常常是，丈夫在低着头聚精会神地玩手机游戏，而她同样聚精会神地在看书。她对书的选择挺有品位，这使她文化见识的视阈挺丰富，许多大学生都没有的见识，她反而是有的。她是民间寻常女性中一颗为数不多的读书种子，所以她那无所归属的独立存在于空气中的意识的联想十分丰富。而这种十分丰富的联想，又使她的意识觉得自己仿佛仍是一个女人，只不过被隐身了；蚊子是蚊子，并非是她，最多只能说是她的一部分，还不是主要的部分。

她少了几分害怕，勇往直前地飞往第一个复仇对象必定会在那里的地方。她目的地明确地飞着飞着，看见一个姑娘在公共汽车站候车。姑娘二十三四岁，挺秀气，短发，穿无袖连衣裙。裸着的双臂白皙，皮肤细嫩。那样的两条手臂，确切地说是那姑娘的体味，几乎只有蚊子才能闻到的体味，诱使她胆大无比地飞了过去。那时她这只大蚊子忽感饥渴难耐。她昨晚没吃晚饭就睡了，她的蚊腹瘪瘪的，她那蚊子的身体里顿时产生了一系列的生理反应，使她立刻想要畅饮人血，如同酒鬼犯了酒瘾似的。

然而她不是一个行事莽撞的女人。在任何情况之下她都是一个胆大心细的女人。她先绕着姑娘的头飞了一圈，看那姑娘的反应是否敏捷。姑娘却丝毫反应也没有，仿佛是聋子。姑娘的手伸入了挎包里，她猜想姑娘将要取出手机了。姑娘取出的却不是手机，而是袖珍本的小书，安徒生的插图版童话集。她已看出那姑娘并不聋，当附近一棵树上有蝉突然鸣起来时，姑娘朝那棵树望了一眼。

她困惑了。

自己这么巨大的一只蚊子，飞时得发出多响的翅振声啊。这姑娘明明不聋，为什么就听不见似的呢？

但她仍不敢贸然行动——她太清楚有些人对付蚊子的策略了！明明听到了蚊子的嗡嗡声，却装出毫无察觉的样子，正在怎样，照样怎样，只待蚊子刚一落定甚至是将要落在身体的什么部位时，出其不意地啪地一掌，一只蚊子就丧命了。那类人是蚊子杀手，十只想要吸他们血的蚊子，往往有八九只还没来得及下嘴就被拍扁了。她自己没变成蚊子之前就属于那一类人，所以她要对那姑娘再进行试探。一只蚊子如果受一个成年女人的意识的支配，如果那女人并不是一个脑残的女人，那么那只蚊子便一定是一只极为狡猾的老谋深算的蚊子——虽然她是一只刚"出生"的不谙蚊道的蚊子。

她怀着高度的戒备飞近了姑娘的耳朵，翅

膀几乎触着姑娘的耳郭了，就在那么近的距离悬浮着。蚊子要保持在空中悬浮不移，翅膀扇动的频率就应更快，发出的声音也更大。

然而姑娘分明的还是没听到，低头专心致志地看着书。

县城里的生活节奏是慢的，虽有公共汽车，乘车的人却不多，车次相隔的时间较长，候车的人等得都耐性可嘉。

姑娘的表现使她终于明白，原来自己变成了一只飞着的时候并不发出嗡嗡声的蚊子！这使她简直有些惊喜。她又在姑娘的眼皮底下飞过来飞过去的，还胆大无边地在安徒生童话上落了一会儿——姑娘的表现依然如故。

这使她进一步明白，原来自己还是一只隐形的蚊子！

"哈，哈，现在人奈我何？人奈我何！我变成了这么奇异的一只大蚊子如果还不实行一个都不宽恕的报复，更待何时？更待何时！上帝老人家将我变成这样的一只大蚊子，不就是为了成全我的报复愿望吗？……"

她不但惊喜，而且对于即将实行的报复稳操胜券，信心百倍，勇气大增。

却并没抵消掉饥渴的感觉。丝毫也没抵消。

腹中空空，又飞了一阵，真是又饥又渴，她急迫地需要饱吸人血！

姑娘沉静地低头看书。

她从书上一飞起，目光首先被吸引住的却不是姑娘的手臂，而是姑娘颈子的一侧。那部位的皮肤像姑娘的手臂一样白皙，比手臂还细嫩，并且白皙细嫩的皮肤之下，隐隐呈现一截淡蓝色的、毛线般粗细的血管。这是在成年人中不常见的情况，只有极少数儿童和少女的颈部才会那样，连少年们的颈部也很少如此。

那血管使她亢奋。

这世界上不曾有一只蚊子能直接将吸针刺入一个人颈部的血管中。

然而她的吸针绝对可以轻而易举地刺入！

正当她预备突袭时，姑娘合上了书。书的封面印着安徒生的半身画像，那实际上其貌不扬的童话作家的样子被画家美化了，看去有几分像英法两国的美男子诗人拜伦和雪莱了。

她的家里如今仍保留着一本同样版式的安徒生童话集。

她曾为女儿读过。

女儿曾端详着"安"的画像说："他很漂亮。"

在她和女儿之间，安徒生一向被亲昵地说成"安"，仿佛是她家的一个好亲戚。

她从没告诉过女儿真相——"安"一点儿也不漂亮，用其貌不扬来说他已是相当礼貌的说法。不仅如此，"安"还是男人中的小矮子。

就在那时，姑娘吻了一下"安"，吻得很深情。

姑娘这一动作，竟使她的刺针没有刺将下去——她嘴两旁的瓣腭已经分开了，她的刺针已快接触到姑娘的皮肤了。

然而她收回了刺针，合拢了瓣腭，从姑娘的颈旁飞开了，悬浮于姑娘对面了。

那秀气的姑娘看去是一个尚未恋爱过却已

开始思春的人儿。

"我不能，她和我无冤无仇，看去分明还是一个好姑娘！再说她正在看书，看的居然还是安徒生童话集！如果她在玩手机，那么是另外一回事。这年头，看书的年轻人已经不多了，看书的姑娘尤其少了。看'安'的童话集的姑娘，往往会被嘲笑为弱智的！这样的姑娘是应该友好对待的，我不能……"

她那女人的意识以各种理由说服自己不要"空袭"那姑娘，她的蚊子之身却由于饥渴难耐而生理反应强烈，一次又一次地向姑娘的皮肤接近；或者还是颈部，或者是脸、手臂，甚至有几次向下飞企图接近姑娘的裸腿。大蚊子的瓣腭也一次又一次分开、合拢，再分开，再合拢……

正当她的意识和她的蚊子之身互相争夺行动权的时候，公共汽车终于开来了。几秒钟后姑娘已在车内。她被车门关于车外了，灵机一动，落在车后窗上搭乘起顺风车来了。

她气喘吁吁，觉得更饥渴了，还觉得好累。

刚才那一番女人的意识与蚊子之身的争斗消耗了她不少的生理能量。见到那姑娘背靠扶手立杆又在看"安"的童话集，她竟因毕竟没有伤害到对方而产生了几许欣然。

搭顺风车的她，快捷地来到了一处会场。昨天电视新闻报道，上午有一次关于维护社会公正与治安的会议要在那里召开，她估计她的第一个报复对象肯定在会场中。

她估计得不错，他果然在那里，坐于台上，正对着话筒侃侃而谈。那男人并没对她潜规则，更没在肉体方面占过她什么便宜。实际上，两人没面对面过，更没说过话。但在所有她将要实施报复的男人中，她最恨的是他。她知道，是他亲批文件将她列为重点监控对象的。在她被"收容"期间，他还到那地方去检查过看管人员的"工作"情况，在关她的房间里，她听到过他和他们的对话：

"这就是禁闭她的房间？"

"是的，领导同志。"

"要好好调教她，使她彻底明白，给政府

制造麻烦是绝无好下场的！"

"明白。"

"纱窗不必修。蚊香不必给。"

"那么，蚊帐呢？"

"更是多此一举，蚊子又叮不死人，让她受点儿惩罚是应该的，也是你们的责任！否则派你们在这里干什么？总之要好好调教她。调教什么意思你们都懂的吧？"

"懂。都懂。请领导放心。"

他走后，他们对她的态度更加冰冷了，有的男人甚至敢于调戏或凌辱她了，而且将她的关押时间延长了半个月，直至她肯于屈服地写下悔过书才获释放。

蜻蜓王般的隐形的不发出一点儿振翅之声的大蚊子，遍体膨胀着复仇的怒火朝在台上侃侃而谈的男人飞将过去，如同一架携带着核弹头的歼击机朝歼灭目标飞过去。如果她不是隐形的，那么人们看到的也许是一只着火冒烟的"大蜻蜓"。

那男人啪地往脸上拍了一下。确切地说，

是一掌拍在右眼上。

"哎呀，什么虫子叮了我一下。请原谅我的失态之举啊亲爱的同志们，坐在台上就这一点不好，雅或不雅的动作都会暴露在众目睽睽之下……"

他还想趁机幽上一默。

虽然那话也没什么幽默性可言，台下却照例响起了阿谀献媚的笑声。有人还起身高举手机为那时的他拍照。

"刚才我讲到哪儿了同志们？……"

啪！

他紧接着又往左眼上拍了一下。

而他的右眼已肿了起来。

多大只的蚊子啊！它的刺针像静脉注射针头似的；何况还是一只愤怒到极点的大蚊子，当然袭击效果立竿见影啰！

"哎呀、哎呀！……"

那男人双手分捂在左右眼上了。他的感觉不是痒，直接就是疼，如同被马蜂蜇了。他离开了座位，碰倒了椅子，就那么双手捂眼，哎呀哎呀叫着，满台跑圈。

她却并没停止进攻。她嘴两旁的瓣腭一次又一次激动地分开，一次又一次准确地将刺针深深插向他的脖子、耳朵、额头、鼻尖、手。

台下的人全都站起来了。他们什么都没看见，也什么声音都没听到，根本不明白发生了什么情况。简而言之，都看呆了，有人还以为领导突然中了邪魔呢。

居然又有高举手机拍照者。不心疼领导的家伙，不但什么时候都会有，而且往往在领导突遭不测时原形大暴露。

"别照啦！都照什么照？张科长，你还想不想再当科长了？快上台保护领导呀！……"

于是有人对领导的爱心被唤起了，犹犹豫豫地往台边移动，进一步退两步的。不明情况，尽管爱心被唤起了，却谁都不敢冒失登台。万一真是什么邪魔附体呢？一旦转附到自己身上，那是闹着玩儿的吗？

而领导却舞扎着双手，哎呀哎呀直叫着，啪嗒一声掉下台去。

她这才算多少获得了一些报复的满足和快感，再没攻击任何别人，扬长而去。她是可以顺便也攻击别人几次的，比如那些想要表现对领导的爱心的人，但一考虑到他们挺无辜，分开的瓣腭于是收拢紧了，有原则地作罢了。如果她想，她也真的可以由着性子对所有的人攻击不止，那会使整个会场一片惊叫疼喊，乱成一锅粥的。

但她并无那种想法。

她离去得像进入会场一样顺利，伏在一个着急忙慌打手机的男人的背上进入了电梯——那男人是领导的秘书。出了电梯，她一下子就从一扇敞开的窗口飞到外边去了。

对于蚊子，人血以及其他一切动物的血本身是没有味道的。对于她这只奇异的大蚊子也不例外。她吸入时只感觉一股温热的液体进入了腹内，于是似乎电器充了电似的，生理化学反应使她觉得自己又强大了许多。但同时也感觉身子沉重了，以至于影响飞行速度了。就像人吃得太饱了反而倦怠那样。

她飞向一棵树，躲在几片大叶之间睡了过去。那一觉她睡得很长，醒来时已是黄昏。那时的她才真正感到精力充沛，能量饱满，战斗力极其旺盛。

她看到了这样一种情形——那棵树的一侧是一片水塘，塘中莲叶翠绿，几茎莲花娇蕊初绽。在水塘上方，一群蚊子飞作一团，忽而飞散，忽而聚拢。它们分散，乃因有一只蜻蜓在攻击它们；它们聚拢，乃是出于一种自保的本能。蜻蜓从飞作一团的蚊群中逮到一只，比逮到一只单独飞着的蚊子难度要大些，所谓视觉迷乱的缘故。

那是一只被人叫作"黄毛"的蜻蜓，比"红辣椒"大不少，比"八一"的身子稍微短点儿。却较肥壮，从头到尾全身都是黄色的——黄中带褐那一种不纯正的黄色。连四片翅片上的筋络状的线条也是那么一种黄色的。那只"黄毛"的飞行技巧很高超，显然特有空中捕食蚊子的经验，蚊群企图迷乱其视觉的伎俩对它显然失灵。它每向蚊群冲过去一次，总能准确地逮到一只蚊子大快朵颐。一般而言，一只蜻蜓吃掉两只蚊子就基本上饱了，吃掉三只就未免会撑得慌了。可她眼见那只"黄毛"已经吞食掉四只蚊子了，却还不肯罢休地继续向蚊群进攻着——看来是蜻蜓中的一只天生的吃货。

她讨厌吃货，不管是人还是蜻蜓。而且，眼见自己的同类受到一次次无法招架的攻击，顿然地心生出同情和侠义来。还没等她那作为女人的意识想好了究竟该不该管这等闲事，作为蚊子的她已经本能地也是果断地采取行动了。

她从树叶上起飞，向"黄毛"冲了过去。"黄毛"虽有一对复眼却看不见她，它只是从气流的变化预感到将有什么对自己不利的事发生了，还没来得及有所反应，已被她撞得在空中连翻了几个筋斗。它凭着高超的飞行技巧刚一稳住身子，竟被她用六只"手"紧紧抓牢了尾部。她就那样拖着"黄毛"在空中忽上忽下地飞，使"黄毛"对自己的身子完全失控了。如果说"黄毛"是一条蛇，那么大只的她宛如一条巨蟒，"黄毛"根本不可能是她的对手，只有被"修理"的份儿。

"黄毛"看不见她，那群不知怎样才能有效自保的蚊子同样看不见她。但它们感觉到了一只强大的，不知从何而来的无形的同类的存在——那是蚊子之间的化学信息的传递和接收现象。只有蚊子们之间才能明白的事。它们也看到了"黄毛"被"修理"的惨状。那时她的六只"手"已自上而下地牢牢地钳制住了"黄毛"的头。只要她想，可以轻而易举地将"黄毛"的头扭下来，或仅仅两下就用刺针刺瞎它的双眼。比较而言后一种手段虽然蚊道一些，但"黄毛"还是必死无疑。

她犹豫着究竟该怎样结束战斗。

越聚越紧密的蚊群这时发出了更大的嗡嗡声，同时也作出了集体的释放性更强的生理化学反应，那种反应类似于人的欢呼与口号：

"王！王！神圣的蚊之王！……"

"吾王万岁！吾王万岁！……"

在她听来，确切地说是她所感受到的化学

讯息经由她的意识译成了欢呼与口号。

蚊群中的每一只蚊子都特亢奋——她的无形的存在，使它们以为她是无限大的，当然也就可以占领全部空间。它们想象着同类中产生了如此伟大的一只，那么地球以后肯定便是属于蚊子们的常乐家园了！

更多的蚊子迅速地从四面八方聚拢了过来，欢呼与口号之化学释放波频更密集也更如声雷动了。

这反而使她作为女人的那一部分意识顿时冷静了。

"见鬼！我怎么会被呼作蚊子们的王？我才不要做什么蚊子们的神圣之王！我才不愿堕落得不可救药，见鬼见鬼见鬼！……"

作为一个曾经的女人，她所反感甚至可以说讨厌的事之一，就是呼众集群起哄架秧子。她的经验告诉她，不论什么人，一旦参与了那种事，也不论在其中扮演什么角色，不被利用几乎是不可能的。要么是成为主角利用了由群氓组成的乌合之众；要么是反而被乌合之众所裹挟，最终身不由己地被利用，结果也变得与他们差不多了。

何况现在的情形是聚蚊成雷，是绝对的害人虫们的集结，比人类中的乌合之众的起哄架秧子更讨厌啊！

于是她的六只"手"松开了，将已认命一死的"黄毛"放生了。

"黄毛"仓皇地飞走了。

"战无不胜！战无不胜！……"

群体庞大了许多的蚊子们，亢奋不减反增。

讨厌的情绪在她的蚊身中成了主要的行动本能，使她明智地选择了逃之夭夭。

"追随吾王！追随吾王！……"

庞大的蚊群凭着生理化学定向本能穷追不舍。

"我讨厌这种事！"

她也释放出了强烈的生理化学讯息，随之加快了飞行速度……

她不知怎么摔落在自家的卫生间里，幸而并没摔伤——在落地那一瞬间又恢复为女人。

她一时蒙了，未明白是什么事发生在了自己身上，以为自己不小心滑倒了。

她离开卫生间，从冰箱中取出瓶矿泉水，坐在沙发上喝了一口，觉得脑子里一片空白。虽然天还没黑下来，但挂表的指针显示的时间已是七点多了。对于自己在已经过去了的一白天里的经历她毫无印象。

"我又病了吗？"

她摸了一下自己的额头，并不发烧。

电视遥控器就在手边，她随手拿起开了电视。央视新闻是她一向要看的。之后是本省新闻，那也是她照例要看的。

"今日上午，省第一人民医院收住了一名奇怪的重伤患者，该患者是由某县医疗抢救中心紧急送到的。据其自诉，在开会时突被看不见的什么东西叮咬。为了不引起公众没有必要的恐慌，上级指示暂不报道那一县名……"

伴随着男播音员永远波澜不惊的语调，屏幕上出现了由手机实拍剪辑成的新闻画面：

那个被她报复过的男人的双眼肿得像大眼

泡金鱼的双眼，他的脖子肿得快跟头一般粗了，他的鼻子肿得像猪的鼻子了，手肿得像熊掌……

还有记者对现场目睹者们的事后采访：

"您没看见和某东西是看不见的，这两种说法的意思很不同，您究竟是哪种意思呢？"

"我的意思很明白啊，当时会场中那么多人，什么都没看见的不只我自己嘛，没有一个人敢说自己看见了什么呀！许多人都用手机拍照了，录像了，结果都是没有呈现什么可见的活物嘛，这跟什么东西是看不见的意思没什么不同嘛！……"

此则新闻报道使她一下子忆起了自己的所作所为，却无法明白自己怎么就能又恢复成了一个女人，然而成功实施了报复的痛快之感，使她又一次祈祷起来："上帝啊，另外那些卑鄙男人的行径也是应该受到惩罚的呀，那么我还是得多次变成蚊子啊……"

她心中默默这么祈祷时，无意间从镜中发现——自己的头在渐渐缩小，面容在渐渐发生改变。

那种改变令她大骇。

"噢，上帝上帝，不是这时候，不是这时候，您怎么比我还性急呢？……"

于是她的头和脸又复原了。

于是聪明的她领悟了，自己是可以通过内心祈祷来控制身为女人与身为蚊子之间的随时变化的。她大喜过望，移坐桌前，执笔展纸，开始写一份报复名单。

嗡……

她听到了飞蚊发出的声音，一只身子呈霉草根色的蚊子转瞬间落在白纸上。她下意识地举手欲拍，却并没拍下去，一种莫名其妙的亲和之感使她的手又轻轻放在了纸旁。

"王，我的神圣的法力无边的蚊王，请原谅我贸然出现在您面前，我有些至关重要的话希望能与您坦诚交流。"

只有老蚊子的身子才是那种颜色的。

出于敬老的礼貌，她向老蚊子传递出了"洗耳恭听"之讯息。

于是在她与那只老蚊子之间进行起生理化学系统的思想碰撞。

"王，我无限崇拜的王，没想到您还能化为人形，这真使我大开眼界啊！"

"老者，您得明白，我讨厌别人，不，别的蚊子对我说个人崇拜那套话，非常讨厌，请您开门见山。"

"那好那好，不过首先还是得允许我讲讲历史。"

"允许。"

"在地球上出现了人类以前，我们早于他们几亿年就出现了。可是呢，现在地球反倒主要成了他们人类的。自从他们聪明了一点儿，就千方百计地想要彻底消灭我们，这是一个事实吧？"

"是的。"

"他们连电蚊拍都发明出来了，以后不知还会发明出什么东西来对付我们。可我们呢，我们那么的渺小，发明不出来任何足以自卫的武器，更不要说进攻性的武器了。人类谴责在他们中使用化学武器，但对我们使用起大规模杀伤性武器来却仿佛天经地义，这公平吗？"

"那是因为我们，不，因为你们……因为蚊子传染疾病……"

"王，我的王，我不介意您说'我们'还是'你们'。您是至尊至圣之蚊王，与我们普通的悲催的蚊子当然不可混为一谈。但，说到我们对人类健康的危害，那我就必须认认真真地与您讨论一番了。我们蚊子才能在人类中传播区区几种疾病啊？更多的疾病是他们自己搞出来的呀！如果没有生了血液性传染病的人，我们想传播又怎么能传播得了呢？就寻常叮咬而言，我们一次才吸他们多点儿血啊，那一般后果无非就是痒一阵，肿个小包嘛。相对于他们自己对自己造成的危害，比如战争，比如天天吃被农药严重污染的食品，我们的危害岂不是微不足道吗？"

"你说的不是一点儿道理也没有。但是以你的年龄，你应对这世界的真相具有一些常识性的认知才对。这世界上的许多事，本就是公说公有理，婆说婆有理的。"

"是啊是啊，不幸身为一只蚊子，今天已经是我活过的第九天了，能活过十几天的蚊子少之又少，这一点想必您也知道。既然您说这世界上的许多事是说不清孰是孰非的，那么老蚊我斗胆请教，人类又凭什么将彻底消灭我们认为成绝对正义的事呢？"

"老蚊，我不愿与你讨论下去了，以免咱们伤了和气。你就最后直说吧，究竟为何不请自来？"

"我的王啊，蚊子将死，其言也雷人。史有蚊言文曰：'量小必人类，传病真蚊子。'恳求您以蚊王雄风，号召世界各地各等蚊子，组成天下最众之蚊子大军，与人类决一死战！天下者，蚊子之天下也。下定决心，不怕牺牲，将被人类控制的天下归属权夺回来！那细皮嫩肉，易于我们吸血的人类，我们可运用传播疾病之战术，使他们成为瘫痪人，不能再对我们的叮咬构成危险，于是变成我们的永久血库。那么一来，我们蚊子的一生，将不再是忐忑的一生。我们的寿命，也许就不再是十来天，而可能是几十天，甚至几个月，几年，几十年了。这地球，也将是我们蚊子的常乐家园了……"

"住口！简直是一派胡言，疯话！"

然而老蚊子一经竹筒倒豆子般说起来，便刹不住车了。

它滔滔不绝地只图痛快地继续说："我知道在某处有一片拆迁造成的残垣断壁，那里曾是早年的传染病院，因为条件根本不达标所以被拆了。那里的许多断壁上留下了斑斑点点的干血迹，偶尔还能发现我们蚊子的干尸沾在上边。想想吧，传染病院啊，那些干血迹全是有病毒的！干了没什么的，我们可以用我们的唾液去化开。据更老辈的蚊子们传下的回忆，那里还有艾滋病患者住过院呢。人类以为我们不能传染艾滋病，他们大错特错！只要我们携带着艾滋病患者那种有病毒的血迹，即使是一星半点儿，即使是干了许久又用我们的唾液化开的，只要弄到他们人类皮肤的伤口处，使他们传染上艾滋的概率那也是很高的。至尊至圣的王啊，暂且先将这县城当成战场吧，让我们蚊子将它折腾得人仰马翻吧！用词不当用词不当，如今县城里也看不到马了，那就声东击西地搞得它人心惶惶吧！……"

那郑娟是不听犹可，越听越加怒从心头起，恶向胆边生。

她猝击一掌，但听啪的一声，老蚊子被拍扁在白纸上了，六条细腿平平地呈现着，翅膀也是如此，完好无损，如同绝佳的扁平标本。

她觉得自己的心随之颤抖了一下，那是一种人们形容为"心疼"的微感觉。反应于她，是很复杂的情绪现象。她心里甚至还产生了一种类似罪过的意识，却一点儿忏悔都没有。

当她用纸将老蚊子包起时，想到死了的是一只有今天没明天的老蚊子，便连类似罪过的隐约意识也完全消失了。

她想将纸团扔进纸篓，却没那样。想将纸团由马桶冲掉，也没有。最后她将纸团在烟灰缸里烧成灰烬，加了点水，浇在花盆里。那么做完了，她的心情也就恢复了此前的平静，仿佛刚才的事根本没发生过。

她又开始列报复名单。

于是，第二天，第三天，又有男人被什么"看不见"的古怪东西蜇了。虽然后果的严重程度不同，却照例被送到了省里的医院。县城里的医院不敢贸然收治，怕担责任引发医患纠纷。而严重程度不同，乃是由她实施报复时的愤怒程度怎样来决定的。对谁"刺"下留情了几分，谁的下场便不至于太惨。

不论省里市里还是县里的电视台进行报道时，统一了新闻口径，一致将"看不见"的东西说成是"没人看见"的东西，为的是免使人心恐慌。

起初县城里的人们普遍相信"没人看见"之说。没人看见嘛，不过就是没人看见啰，极少有人往"看不见"方面去想。大多数人猜测是某种毒蚂蚁之类的虫子，顺着人的鞋爬到人身上——它们那样咬了谁，谁自己和别人确乎是不太容易看见的。

有些人幸灾乐祸，喜大普奔。这年头，没

有冤家的人屈指可数啊。何况，那三个男人，都是县城为人不仁、行事霸道、口碑恶劣之人。他们原先并不那样，有了点儿权势后，渐渐地身不由己似的就那样了。除了他们的孩子老婆，几乎没人同情他们。他们的朋友们谈到他们的遭遇，装出同情他们的样子，其实内心里也是挺欣快的。他们那种男人不太可能有真朋友，正如他们自己不太可能是别人的真朋友。

然而县城里的各种防虫水脱销了，特殊人士们甚至托关系走后门搞到了被毒蛇、毒蜂、毒蝙蝠、毒蜥蜴之类的咬伤后，足以保障生命安全的预防药品。网上开始销售同类进口药品，真真假假，价格不菲。尽管，县城里从没出现过以上有毒的厉害东西。

然而她两耳不闻窗外事，一心只图报复功，按照名单排列顺序，一天收拾一个。行动为蚊，在家为人，从容不迫，干得越来越顺遂，也越来越有成就感。

到了第七天，她出门扔垃圾袋时，见小区里停着几辆大卡车，三户人家同时在搬家。有一户还是与她同一单元同一楼层的斜对门邻居。

她问："大娘，你们怎么都搬家了呀？"

邻居家大娘说："郑娟，你一点儿不知道吗？"

又问："您指的什么事啊大娘？要发生地震？"

大娘说："也不是地震那么严重的事，但也怪吓人的。县城里都闹了好几天的古怪事了，也不知有了什么人眼看不见的东西，一被它叮咬了结果够惨的。虽然到目前为止被叮的全都是大男人，谁知道以后呢？如果哪天也开始叮女人和孩子呢？省城派来了专家，可也没能给出个明明白白的说法。所以呢，有别处可住的人们宁肯不怕麻烦先搬走一时期避避……"

回到家里，她坐在沙发上吸着一支烟。她曾是一个吸烟的女人，戒多年了，那天破戒了。

斯时她心生出一种大罪过感。

这是扰民啊，扰民扰得太严重了呀！

一向安分守己的她，没法不自我谴责了。

但名单上还剩下一个名字没被画掉。那是

她认为必须予以惩罚的一个男人，与第一个报复过的男人一样必须予以惩罚——她本是求助于他的，他不但没相助，趁机蹂躏了她之后反而恶语威胁，警告她应该明智点儿，不许再执迷不悟。

她决定傍晚时分去将最后一档事了结了……

看上去还未满周岁的婴儿在年轻的母亲怀中惬意地吮乳。

"难怪几天来我眼皮跳抖不止的，不想你爸上午去区里视察时还前呼后拥的，下午就被规了去了！刚才我到银行一问，咱们几口人名下的存款都被冻结了，连宝宝名下的账户也取不出现金来了。人家是早就暗中将你爸查个底掉了，可你爸还怀着侥幸心理以为能平安过关！家中值钱的东西都不知该往哪儿转移好，这可怎么办？这可怎么办？光那些东西也值几百万啊！你聋啦？倒是出出主意呀……"

一个西葫芦身材的大妈级的女人歪坐于沙发，哭唧唧地说着，是那应该受到惩罚的男人的老婆。

"妈你别絮叨了行不行啊！事到临头，我能想出什么对策啊？"

那女儿哭了，眼泪滴在孩子脸上。

一个青年进入这户人家，是当女婿的。

那女婿急赤白脸地说："都他妈是白眼狼，向谁都探听不到什么情况！不管认识我的不认识我的，都东躲西躲的不肯见我！……"

这家的三个大人，仿佛身在汪洋大海中的一叶小舟上，小舟无帆无桨的，而且开始渗水，他们都显出束手无策的大恓惶来。

斯时郑娟已在这个家中了。该惩罚的男人被双规了，她挺索然。却也不愿白来一次，正犹豫究竟应由谁来替罪。

她听说那是老婆的女人有心脏病，怕她根本经不住自己的袭击一命呜呼了——即使刺得留情。

那是女婿的经常吸毒——这在县城里早已是公开的秘密，虽然他一次也没被关进去过，她怕他的脏血污染了自己的血。

孩子太小，实在无辜，而且同样可能会因

她的间接报复危及生命。

最后她决定对那个女儿采取行动——父债子还，这是民间法则。同样，父亲作孽，当女儿的替父亲承受一定程度的惩罚也不算蛮不讲理，何况她是一只雌蚊，其报复并不具有性侵犯的性质，更不是打算取对方的性命。

忽然那婴儿不吃奶了，瞪大一双乌黑的圆溜溜的眼盯住她看。

她联想到了民间一种带有迷信色彩的说法——未满周岁的婴儿的眼，可看见大人们看不到的东西。

这一联想使她断定那小小人儿确实看见了她。

而那小小的人儿咯咯笑了，笑得如同初开的向日葵，使她觉得自己心里仿佛有一轮太阳悬在叫心尖的地方，向下投射着舞台顶灯般的光，将她心灵的边边角角都照亮了。

她做过母亲的经验告诉她——婴儿如果起初吃的是奶粉，改吸母乳了基本上不需要什么适应过程，那是他们的天性所更愿意接受的改

变。而反过来则情况大不相同，如果一个婴儿
吮惯了母乳，起初改吸奶嘴是会发生排斥现象
的。有的婴儿甚至会哭上一整天，直到饿极了
才肯含奶嘴……

她不愿使那咯咯笑着的小小人儿遭受大人
之间的怨毒的牵连，不管他是否真的看到了她，
不管他可爱的笑与她有关没关。

"妈，孩子他爸，你们快过来看宝宝怎么
了？先是不错眼珠地看那儿，后又咯咯地笑起
来没完……"

于是当爸的和当姥姥的凑了过去。

当爸的横着一根手指在孩子眼前移来移
去，继而转身四处巡视着房间。

孩子却已不笑了，目光随着她的转移而转
移。

当姥姥的双手一拍："不好了，我想起了
一种迷信的说法，也许有什么邪性的东西进来
了……"

言罢双膝跪地，双手合十，闭上眼睛快速
地念起什么经咒来。

郑娟一下子飞到茶几底下去了。

她是不怕任何咒语的，但那半老女人的语速令她讨厌。她也还没有穿壁的本领，只能在谁开门时趁机而去。

她放弃了最后一次报复行动——那也是一次狼狈的行动。

"郑娟，你已经三个多月没产生不良幻觉了，想出院吗？"

问话的是坐在她对面的女医生。

她点了一下头。

"那么，你今天就可以出院了。哦，这份报你带走。是它使你的病情迅速好转的，留作纪念吧。"

她默默接过了报，霎时泪如泉涌。

报上有篇整版报道，通栏大标题是——中纪委明察暗访惩办腐败，组合拳自上而下重击魍魉；副标题是——三年前交通事故竟是谋杀，一干人等尽数判刑。

自从读了那篇报道，她的心情（将她送入

精神病院的坏人们认为是精神）日愈平静，甚至都有点儿不在乎被视为疯子了。

她换上自己的衣服，拎着一个纸袋走出了精神病院的大门——纸袋装着些小东小西，是她被强制送来时从她兜里翻出的。

那是初秋一日，上午九时许。天空晴朗，阳光明媚。

一个男人伫立于一辆轿车旁，捧一大束鲜花。

他笑了，快步向她走去。

她犹豫了一下，也向他走去，脸上几乎没有所谓表情可言，心情却多少有那么点儿愉快了。她对他早已不陌生，一年半以来，他每个星期都来医院看她，每次都给她带她想吃的，陪她度过一个上午或下午。

他说："我所遗憾的是，一心想帮你，可根本没帮上。"

她说："人的能力有大小，谢谢你的尽力而为。"

他将鲜花递向她，她高兴地接过去了。

他拉开了车门，她又犹豫一下，坐入了。

车开走时，她不禁扭头朝医院望了一眼——白底黑字的牌子的下半部被刚停在那儿的另一辆车挡住了，她只望见了"精神"二字……

图书在版编目(CIP)数据

遭遇"王六郎"/梁晓声著. —福州:海峡文艺出版社,
2024.6
（独角马中篇轻读文库）
ISBN 978-7-5550-3749-1

Ⅰ.Ⅰ247.5

中国国家版本馆 CIP 数据核字第 2024PF0152 号

遭遇"王六郎"

梁晓声　著

出 版 人	林　滨
责任编辑	陈　瑾
特约编辑	廖　伟
出版发行	海峡文艺出版社
社　　址	福州市东水路 76 号 14 层
发 行 部	0591－87536797
印　　刷	福建新华联合印务集团有限公司
厂　　址	福州市晋安区福兴大道 42 号
开　　本	787 毫米×1092 毫米　1/32
字　　数	64 千字
印　　张	5.125
版　　次	2024 年 6 月第 1 版
印　　次	2024 年 6 月第 1 次印刷
书　　号	ISBN 978-7-5550-3749-1
定　　价	28.00 元

如发现印装质量问题,请寄承印厂调换